소설 보다: 가을 2025

펴낸날 2025년 9월 11일

지은이 서장원 이유리 정기현
펴낸이 이광호
주간 이근혜
편집 허단 김다연 김필균 윤소진 유하은 최은지
마케팅 이가은 허황 최지애 남미리 맹정현
제작 강병석
펴낸곳 ㈜문학과지성사
등록번호 제1993-000098호
주소 04034 서울 마포구 잔다리로7길 18(서교동 377-20)
전화 02) 338-7224
팩스 02) 323-4180(편집) 02) 338-7221(영업)
대표메일 moonji@moonji.com
저작권 문의 copyright@moonji.com
홈페이지 www.moonji.com

ⓒ 서장원 이유리 정기현, 2025. Printed in Seoul, Korea

ISBN 978-89-320-4439-2 03810

이 책의 판권은 지은이와 ㈜문학과지성사에 있습니다.
양측의 서면 동의 없는 무단 전재 및 복제를 금합니다.

소설 보다 가을 2025

히데오 서장원 | 두정랜드 이유리
공부를 하자 그리고 시험을 보자 정기현

문학과지성사

차례

히데오 서장원 7
인터뷰 서장원×강동호 39

두정랜드 이유리 57
인터뷰 이유리×소유정 91

공부를 하자 그리고 시험을 보자 정기현 109
인터뷰 정기현×홍성희 150

히데오

서장원

2020년 『동아일보』 신춘문예를 통해 작품 활동을 시작했다.
소설집 『당신이 모르는 이야기』 등이 있다.

히데오에겐 몇 가지 비밀이 있었는데, 그중 하나는 그의 친부가 일본인이며 그가 어린 시절을 일본 교토에서 보냈다는 것이다. 어느 저녁나절, 한적한 거리를 걷던 중에 히데오는 이 사실을 내게 말해줬다. 이후 히데오는 어린 시절에 대해 조금씩 더 들려주었고, 나중에 나는 히데오의 생애 초반에 일어난 일들을 하나의 이야기로 꿸 수 있게 됐다.

히데오가 태어난 곳은 교토 외곽으로, 한국 사람들이 떠올리는 여행지 교토와는 거리가 먼 평범한 주택가였다. 히데오는 그곳을 자세하게 기억하지는 못했다. 습한 여름 날씨나 우듬지가 눈에 들어오지 않는 거대한 나무들에 대해 말하면서도 그것이 정말 자기 기억인지 교토에 대해 보고 들은 뒤 상상해낸 이미지인지 구분하기 어렵다고 덧붙이곤 했다. 교토에서 있었던 일 중 히데오가 확실하게 기억하는 건 모두 나쁜 경험이었다. 이를테면 초등학생 시절 책상 가득 자이니치나 조센진, 총 같은 단어가 적혀 있던 풍경이나 동급생 남자애들이 그의 가방을 걷어차며 드리블 시합을 했던 일, 그를 조롱하려고 반 아이들이 케이팝을 개사해 불렀던 일과 같은 사건들. 한번은 같은 반 아이들에게 얻어맞아 코뼈가 부러진 적도 있었다. 그날 저녁에 히데오의 부모는 아들을 위해 나고야로 이주하는 일을 의논했다. 히데오의 아버지는 아들을 불러 앉히고 나고야에서는 어머니가 한국 사람이란 사실을 숨겨야 한다고 경고했다. 히데오는 그 말에 깜짝 놀라서 식탁 앞에 앉아 있는 어머니를 바라봤다. 어머니가 아버지의 말에 동의했는지 확인하고 싶었던 것이다. 히데오가 아는 한, 히데오의 어머니는 자신이 한국인임을 숨기려 한 적이 없었다. 그러나 그 순간 어머니는 눈을 내리깔고 남편도 아들도 바라보지 않았다. 아버지가 다시 말했다.

"어쨌든 우리는 여기서 계속 살 거니까, 그렇게 하기로 하자."

그날 밤, 히데오는 코의 통증과 식도로 넘어오는 피, 어머니의 고요한 얼굴과 나고야에서 보낼 새로운 나날의 환영 때문에 잠을 이루지 못했다. 다만 히데오의 부모는 나고야행을 두고 갈팡질팡했고, 히데오로서는 완전히 이해할 수 없는 과정을 거쳐 이혼을 결정했다. 이혼 후 히데오의 어머니는 아들을 데리고 경기도의 친정으로 돌아갔다. 이후 히데오는 일본인 아버지와 일본에서의 삶을 철저히 숨겼다. 나에게 고백하기 전까지 누구에게도 자신의 첫번째 이름 히데오를 말해주지 않았다.

내가 히데오를 처음 본 건 연극원 강의실에서였다. 아

직 벚꽃도 피지 않은 3월, 나와 히데오를 포함해 여덟 명의 학생이 강의실에 책상을 둥글게 붙여 앉았다. 그해 연극원에서는 입학이 예정된 학생들을 모아 15분 내외의 단막극, 일명 '짤막극'을 만드는 프로젝트를 신설했다. 입학 전에 그룹별로 모여 공연을 준비하고, 3월 개강과 동시에 연극원 소극장에서 공연을 올리는, 이색적인 신입생 환영회라 할 수 있었다. 학보사는 이 프로젝트에 참여하는 신입생 그룹 중 하나를 인터뷰하기로 결정했는데, 그해 들어 나에게 처음 주어진 취잿거리였다.

 인터뷰는 활기찬 분위기에서 진행됐다. 내가 질문을 던지면 인터뷰이 중 하나가 말꼬리를 낚아채서는 장황한 대답을 늘어놓았고, 한 사람이 발언을 마치기도 전에 누군가 말하기 시작했다. 이야기가 자주 주제 밖으로 뻗어나갔다. 나는 녹음기를 켜둔 채 학생들이 자유롭게 의견을 나누는 것을 듣다가 한 번씩 끼어들어 원래의 질문을 상기시켰다. 그러다 문득 맞은편 자리의 남학생이 그때껏 입을 다물고 있었다는 사실을 깨달았는데, 그가 바로 히데오였다. 준비 중인 연극에 대해서 질문한 다음 모두에게 답변을 청했을 때도 히데오는 가장 늦게 대답했다. 이번 작품은 평범한 고등학생들을 주인공으로 하지만 교훈적인 내용은 아니고, 입시 제도나 한국의 교육 방식을 비판하는 내용도 아니며, 그렇다고 『데미안』 같은 소설을 떠올리는 것도 곤란하다고. 그렇게 말한 뒤 히데오가 입을 다물었으므로 나는 그래서요, 하고 다시 물었다. 히데오는 참여 중인 연극과 관련 없는 사실에 대해 말했을 뿐 작품에 대한 의견을 내놓진 않았으니까. 뜻밖의 질문이라는 듯 히데오는 잠시 강의실 천장을 바라보며 말을 골랐고, 그러다 옆자리에 앉은 극작과 학생이 그래도 『데미안』과는 겹치는 지점이 있다고 말을 보태면서 자연스럽게 화제가 바뀌어버렸다. 이후로도 히데오는 토론회를 구경하러 온 방청객처럼 동기들의 대화를 가만히 지켜봤다. 두 시간 남짓 진행된 인터뷰 동안 나는 히데오에 대해 '수줍음, 자기 확신 ×'라는 낙서를 적어두었다.

히데오를 다시 만난 것은 2학기가 개강하는 8월의 마지막 날, 영상원 지하의 어둑한 강의실에서였다. 강의를 맡은 교수는 강의실에 들어오자마자 벽면 쪽 자리의 학생에게 불을 모두 끄라고 시킨 뒤 빔 프로젝터를 켰다. 히데오가 뒷문을 열고 들어온 건 빔 프로젝터가 작동하며 푸르스름한 빛이 강의실을 채우고 있을 때였다. 그는 내 옆자리로 다가와 큼직한 백팩을 내려놓았다. 빈 자리가 많지 않았으니 나를 의식하고 한 행동은 아니었을 것이다. 다만 나는 곧바로 히데오를 알아봤고, 히데오 역시 그랬다. 강의가 시작된 지 10분쯤 지나서 히데오는 책상 위로 줄 없는 노트를 펼쳐두고 "기사 잘 봤어요, 늦었지만" 하고 필담을 건넸다. 그것을 시작으로 우리는 이런저런 이야기를 주고받았다. 봄날의 인터뷰와 학보에 난 기사, 히데오가 출연한 짤막극에 대한 이야기로 한 페이지를 다 채우자 더는 할 말이 없었다. 나는 필담을 마무리할 겸, 농담처럼 적었다.

—언젠가 슈퍼스타가 되면 저를 잊지 마세요.

—선배가 보기엔 제가 배우가 될 것 같아요?

—네, 그럴 거 같아요.

—고맙습니다.ㅋㅋ

—연기과 학생 같지 않아요.

—그게 좋은 뜻인가요?

—당연히 좋은 뜻 아닐까요?ㅋㅋ

나는 그렇게 적으며 실제로 킬킬댔는데, 복도에서 노래를 부르고 연극 대사를 읊어대는 연기과 남학생들이 떠올랐기 때문이었다. 나는 그 애들이 멋있어 보인 적이 없었다. 잠시 뒤 히데오가 답을 적었다.

—그렇다면 고맙습니다.

다음 시간에도, 그다음 시간에도 교수는 수업 시간 내내 강의실을 어두컴컴하게 해두고 고전 영화를 틀어주었다. 틈틈이 설명을 덧붙이기는 했지만 경청하는 학생은 소수였고, 교수도 개의치 않는 듯했다. 히데오와 나는 스크린 위로 상영되는 고전 영화를 흘끗거리며 필담을 이어갔다. 각자의 학교생활이 자주 화제에 올랐다. 히데오는 인터뷰 내내 입을 굳게 다물고 있던 사람답지 않게 제 이야기를 술술 써 내려갔다. 몸을 활용하는 연기과 수업들을 이해하기 힘들다고, 몸을 통해 무언가를 표현하는 것이 익숙하지 않다고 히데오는 전했다. 나는 나대로 희곡을 쓰는 일과 학보사 기자로서의 고충에 대해 적었다. 내가 좋아하는 희곡들, 극작과 학생들은 좋아하지만 나는 어쩐지 마음이 가지 않는 작품들, 새롭게 알게 된 해외의 젊은 극작가들 그리고 그들을 소개하는 칼럼을 학보사에 기고한 일에 대해 썼다. 토요일에 있었던 어느 보강 수업에서는 전 남자친구 영도에 대해 미주알고주알 적고 있었다. 히데오는 '헐'이나 'ㅜㅜ' 하고 추임새를 곁들이며 내 이야기를 따라 읽었고, 내 이야기가 다 끝난 뒤에는 여러 페이지를 한꺼번에 넘겼다.

―자, 이제 새로운 챕터로 넘어가요.

히데오는 그렇게 말하고는 손가락으로 아무것도 적혀 있지 않은 백지를 쓸었다. 내내 틀어져 있던 영화의 음향 때문에 히데오의 손과 종이가 스치는 소리가 들렸을 리 없는데, 나는 어째선지 그 소리를 분명하게 들었다고 기억한다.

히데오의 진짜 이름이 더는 히데오가 아닌 것처럼, 영도 역시 실제로는 다른 이름을 가지고 있었다. '영도'는 그의 별명이다. 수업 중에 발언할 때마다 스스로를 영화학도라고 강조하여 붙여진 조롱조의 별명. 나는 그 별명을 좋아하지 않아서, 그를 직접 영도라고 부른 적은 없다. 다만 헤어진 뒤로는 그를 떠올릴 때마다 자연스럽게 영도라는 이름을 떠올리게 됐다.

영도는 그 수업을 듣는 유일한 타과생이었다고 기억한다. 그 수업, 극작과 전공 기초인 콩트 창작 수업은 원래 타과생이 수강할 수 없는 과목이었다. 다만 영도는 개강 첫날에 모두가 보는 앞에서 교수에게 사정사정하여 수강을 허락받았다. 이후 영도는 강의실의 분위기 메이커 역할을 도맡았다. 적절한 순간에 적당한 농담을 던져 모두를 웃겼고, 아무도 의견을 내지 않고 있으면 어김없이 나서서 발언하곤 했다. 자기 글의 단점을 낱낱이 지적받았을 때도 영도는 기가 죽는 법이 없어서, 쉬는 시간이면 자신의 글이나 의견에 날카롭게 공세를 퍼붓던 학생들에게 다가가 천연덕스럽게 말을 붙였다. 어릴 적에 특별한 백신을 맞아서, 미움받거나 홀대받아도 그다지 상처 입지 않는 사람 같았다. 물론 미움받는 일도 내가 아는 한은 많지 않았다. 언젠가부터 영도는 수업이 끝난 뒤 맥주를 마시러 가는 극작과 학생들 무리에 끼어 있었다. 동기들이 전하는 말에 따르면 그는 말술을 마시고도 취하지 않는 주당에, 언제나 술자리의 중심이 되는 사람인 듯했다.

물론 수업을 듣던 학생 중엔 영도를 불편해하는 이들도 몇 있었다. 그들은 영도가 관심을 받으려 애쓴다고, 모두에게 친한 척을 한다고 평가했다. 나로 말할 것 같으면, 그 중간쯤에 있었던 것 같다. 영도 덕분에 날 서 있던 합평 수업의 분위기가 유해졌다고 생각하면서도 그의 행동이 마냥 좋게 보이진 않았다. 무엇보다 그가 쓴 글들을 읽고 나면 가슴이 답답해졌다. 수업에선 매 시간 2천 자 분량의 콩트를 제출하고 함께 평하도록 했는데, 영도의 글은 늘 레퍼토리가 똑같았다. 젊은 남자가 예쁜 여자를 만나 사랑에 빠지지만 끝내 그녀의 마음을 얻는 데 실패한다는 이야기였다. 내 눈에 그 이야기 속 주인공은 영도로, 나머지 인물들은 영도에게 상처나 위로를 주기 위해 등장하는 소품으로 보였다. 영도가 그 레퍼토리에서 벗어난 건 수업이 종강할 즈음이었다. 그때껏 한 번도 수정한 글을 가져오는 법이 없던 영도는 서너 편의 글을 고쳐서 제출했고, 처음으로 모두에게서 긍정적인 평가를 받았다. 나 역시 그의 글을 칭찬했는데, 놀랍게도 영도는 이 변화는 모두 나의 피드백 덕분이라는 엉뚱한 소리를 했다.

"지난 수업에서 수진 학우가 해준 말이 큰 도움이 됐어요." 영도는 그렇게 말하고는 좌중의 눈치를 살피고 장난스럽게 덧붙였다. "그러니까 이번 글에 대해선 수진 학우님께 박수를 양보하겠습니다."

합평이 끝난 뒤 글을 제출한 사람에게 격려의 박수를 보내는 것이 그 수업의 관행이었다. 그런데 내가 쓰지도 않은 글로 박수를 받다니, 좀 요상하지만 기쁜 일이라고 생각했다. 돌이켜보면 거기서 그쳤어야 했는데, 그러지 못했다는 생각도 든다. 그때 나는 이 상황을 지나치게 긍정적으로 받아들였다. 자기 밖의 세계를 상상하지 못했던 남자가 나로 인해 변했다고 여겼던 것이다. 사실 영도가 한 일은 쪽글 몇 편을 고치는 것일 뿐이었는데 말이다. 그날 수업이 끝난 뒤 영도는 내게 학교에서 조금 떨어진 칵테일 바에 함께 가자고 했고, 나는 영도를 따라나섰다. 나중에 영도와 나는 그 일을 우리의 첫 데이트라고 부르게 됐다.

히데오와 함께 처음으로 영상원 건물을 벗어난 건 추석 연휴 바로 직전의 수업을 마치고서였다. 그날 수업은 교수의 사정으로 원래 마치는 시간보다 한 시간 반 정도 일찍, 오후 3시가 조금 넘은 한낮에 끝났다. 가방을 챙겨 강의실을 나서는 동안 나는 바로 지금이 자연스럽게 무언가를 제안할 기회라고 생각했다. 나는 도서관 건물 1층에서 열리는 미술원 학생들의 작품 전시회를 볼 생각인데 같이 가겠느냐고 히데오에게 물었고, 히데오는 좋다고 대답했다. 우리는 햇볕이 환하게 들이치는 영상원 복도를 지나 도서관으로 넘어갔고, 설치미술 작품 몇 점을 감상했다. 그런 다음엔 자연스럽게 후문 근처의 쌀국수 식당으로 자리를 옮겼다. 영도를 마주친 것이 거기서였다. 주문한 국수를 기다리는 동안 가게 밖에 한 무리의 남학생들이 나타났는데 그중에 영도가 있었다. 유리창 너머의 남자가 진짜 영도인가 생각하는 사이 후드를 뒤집어쓰고 있던 영도가 내 쪽으로 고개를 돌렸고, 짧은 순간이지만 나와 영도의 시선이 분명하게 맞부딪쳤다. 사실 나는 그 비슷한 상황, 그러니까 다른 남자와 함께 있는 모습을 영도에게 보여주는 일을 자주 상상하고 바랐다. 그러나 그런 일이 진짜로 닥치자 적잖게 당황스러웠고, 그 뒤에 일어난 일들은 내 상상을 한참 벗어났다. 히데오가 창 너머의 영도 무리 중 하나에게 손을 흔들었던 것이다. 잠시 뒤에 히데오에게 인사를 받은 남자애가 가게로 들어왔다. 가까이서 보니 전에 몇 번 마주친 적 있는 얼굴이었다. 예전에 영도가 나를 소개했던 후배 중 하나이지 싶었다.

"데이트해?"

그 남자애가 히데오에게 물었다. 만약 그 순간에 히데오가 나에게 눈길을 줬다면, 그 눈길 속에 아주 작은 질문이라도 들어 있었다면 나는 어떻게든 긍정적인 신호를 보냈을 것이다. 물론 마음속 더 깊은 곳에서 바랐던 건 히데오가 나에게 물을 필요도 없다는 태도로 그렇다고 대답하는 것이었다. 그러나 히데오는 그러지 않았다. 그는 나를 쳐다보지도 않은 채 대꾸했다.

"무슨. 그냥 밥 먹는 거지."

남자애는 고개를 끄덕였고 히데오와 몇 마디를 더 주고받다가 유리문을 밀고 가게 밖으로 나갔다. 나중에 나는 그 일을 여러 번 되돌아봤다. 히데오가 이 상황은 데이트가 아니라고 잘라 말하는 순간의 부끄럽고 당혹스러운 마음이 오랫동안 가시지 않았다. 한편으로는 남자애가 영도에게 전했을 말, 그 말을 들은 영도의 반응 같은 걸 끝도 없이 상상하게 됐다. 시간이 조금 더 흘러서는, 놀랍게도 영도와의 첫 데이트를 떠올리고 있었다. 영도와 칵테일 바에 갔던 날에도 비슷한 상황이 있었다. 바텐더가 나에게 옆에 앉은 남자가 남자친구냐고 물었던 것이다.

"노력 중이죠."

나와 바텐더의 대화를 듣고 있던 영도는 망설임 없이 끼어들었다. 그러자 바텐더는 그를 응원한다면서, 말린

오렌지를 한 조각 얹은 공짜 칵테일을 만들어 내 앞에 밀어주었다. 생각해보면 영도는 자신이 언제 어디에서 주도권을 잡을 수 있는지 알았고, 그 상황이 닥치면 절대 놓치지 않았다.

영도의 후배가 돌아가자 히데오는 기역자로 꺾인 비좁은 가게 내부를 요령 있게 오가며 물과 단무지를 담아왔다. 우리는 필담으로 나누던 대화를 이어갔지만, 나는 방금 전의 상황에 마음이 붙들려 있었다. 내가 정신을 차린 건 히데오가 내가 쓴 희곡의 이름을 언급했을 때였다.

"누나네 팀에서 배우 구한다며?" 히데오는 그렇게 말하고는 잠시 나를 바라봤다. "나도 그 연극 지원해보려고."

히데오가 말한 연극의 제목은 "따귀 게임"이었다. 그건 내가 학교에 입학하고 나서 쓴 여섯번째 희곡이자 2학년 2학기 전공 수업의 과제였다. 내가 그때껏 쓴 글 중 가장 좋은 작품이기도 했다. 학기 말이면 이 희곡을 낭독극 형태로 공연에 올려야 했는데, 그 공연에 대한 평가가 곧 학교에서 보낸 2년에 대한 평가가 될 것이었다. 연출을 맡은 지윤도 나와 상황이 똑같았다. 우리는 학교 근처의 카페에서 만나 공연 준비에 대해 의논하곤 했는데 대체로는 잡담만 나누다 헤어졌다. 인물들이 맞고 때리는 장면을 어떻게 처리할지가 지윤의 골칫거리였고, 나는 사소한 뉘앙스를 바꾼답시고 대사를 고치고 또 고쳤다. 무엇보다, 주연 배역 중 하나가 여전히 공석으로 남아 있는 것이 가장 큰 문제였다. 우리는 에브리타임과 학교 홈페이지에 구인 공고를 올려두었지만 히데오를 만나기 전까지 적당한 지원자를 찾지 못했다.

그날 나와 지윤 그리고 히데오는 조촐한 오디션을 치를 예정이었다. 나는 가장 먼저 도착해 묵직한 자주색 커튼을 걷고 창을 열었다. 그 순간에 밀려들던 가을 공기와 선명하게 보이던 창밖 풍경이 기억난다.

히데오는 조금 긴장된 표정으로 강의실에 들어섰다. 무릎이 반들반들한 회색 슬랙스에 흰 셔츠, 군데군데 보풀이 일어난 니트 조끼를 입고 진흙이 말라붙은 반스 운동화를 신고 있는 모습이 내가 상상했던 작품 속 불량소년과 비슷했다. 히데오는 강의실 한가운데 놓인 의자에 앉아 대본을 읽기 시작했다. 잠시 뒤 곁에 앉아 있던 지윤이 가볍게 내 허벅지를 두드렸고, 나는 곧 지윤도 나와 같은 생각임을, 우리는 히데오와 함께 낭독극을 올리게 될 것임을 알았다.

「따귀 게임」은 어느 고등학교에서 열린 학교폭력위원회 회의에서 시작되어 거기서 끝난다. 등장인물은 모두

넷인데, 학폭위의 내부 위원인 교사 둘과 학폭위를 요청한 모범 소년 그리고 학폭위에 회부된 불량소년이다. 모범 소년은 불량소년에게 매일 따귀를 맞았다고 신고했으며 이 혐의는 불량소년도 인정하는 바다. 다만 불량소년은 이 모든 건 모범 소년의 요청에 따른 것이라고 주장한다. 작가 지망생인 모범 소년이 자신에게 먼저 도움을 청했다고, 모범 소년은 고통스러운 경험을 한 사람만이 좋은 글을 쓸 수 있다고 믿고 있다고 불량소년은 말한다. 그래서 불량소년은 모범 소년에게 아버지로부터 학대받은 이야기를 들려주고, 자기 이야기에 값을 매겨 매일 저녁 모범 소년을 때려주었다는 것이다. 히데오는 불량소년이 되어 자신이 학대받은 이야기의 한 대목을 낭독했다. 이야기를 마친 뒤에는 옆에 앉아 있을 가상의 모범 소년에게 고개를 돌렸다.

"오늘의 이야기는 여섯 대 반이야. 동의하지?"

히데오는 고갯짓을 해서 확인을 받은 다음 의자 밑에 놓여 있던 바람 빠진 농구공을 집어 들고 손바닥으로 때리기 시작했다. 농구공을 잡고 있던 왼손이 공을 때리는 오른손에 힘없이 밀려나고, 히데오는 의자 위에서 휘청거렸다. 오디션용 대본은 거기까지였다. 히데오가 혼자 괴상한 춤을 추는 것 같은 동작으로 정확히 여섯 대 반을 다 때렸을 때 오디션이 끝났다. 히데오가 강의실을 떠난 뒤 지윤은 신이 나서 말했다.

"감정을 폭발시키는 데 재능이 있는 것 같아."

잠시 뒤 나는 히데오에게 전화를 걸어 합격 사실을 알렸고, 히데오는 괜찮다면 저녁을 함께 먹겠냐고 내게 물었다.

"그러고 싶은데 영화학도가 볼일이 있대서." 나는 그렇게 말한 다음 재빨리 덧붙였다. "너 한 시간 정도 기다릴 수 있어?"

영도는 기숙사 로비에 서서 휴대전화를 들여다보고 있었다. 익숙한 모습이었다. 가을이면 자주 입던 무릎까지 내려오는 야상 재킷을 걸치고 있었는데, 내 눈에는 덥고 거추장스러워 보였다. 그는 어젯밤 늦게 문자메시지를 보내 내게 빌려준 책을 가져가고 싶다고 전했다. 얼마 전 시작한 새로운 시나리오 작업에 꼭 필요하다는 거였다. 나는 이참에 그의 물건들을 정리할 작정으로 밤늦게까지 그의 물건들을 추렸다. 혹시라도 물건이 망가져 시비가 생기지 않도록 박스 아래에 다 쓴 이면지를 깔아두고 우리가 연인이던 시절에 영도가 내게 떠안기듯 건네준 영화 잡지와 책 몇 권, 기숙사에서는 들을 수도 없었던 관상용 음반들을 전부 담았다. 상자를 돌려주는 장면을 상상하는 동안엔 내심 통쾌하기도 했는데, 내

기대와 달리 영도는 시큰둥한 표정으로 상자를 받아 들었다. 상자 속에서 자기가 말한 책을 찾을 생각도 하지 않고 영도는 말했다.

"아 근데, 저번에 너랑 같이 있던 애 있잖아. 걔 일본인이었다가 귀화했다며?"

"귀화라고? 아니야."

나는 히데오가 히데오인 것을 까마득히 모른 채 대꾸했다. 영도는 손에 들린 상자를 한번 추어올리곤 자신있게 말했다.

"몰랐나 보네. 연극원 사람들은 다 아는 얘기야. 입학서류 관리하는 교직원한테서 나온 말인데."

나는 곧 영도가 이 얘기를 하려고 나를 불러냈다는 것을, 그런 만큼 영도는 자기 말이 진짜라고 굳게 믿고 있다는 것을 알았다. 그러자 수다스러운 동기들 사이에서 입을 다물고 있던 히데오가 떠올랐는데, 어쩌면 방금 들은 얘기가 그날의 풍경에 대해 무언가를 설명해줄지 모르겠다는 생각이 들었다. 영도는 박스를 뒤적거린 다음 책 한 권을 내게 건넸다. 표지에 저자이자 내가 특별히 좋아하던 영화감독의 사진이 들어간 에세이였다. 그 감독이 미투 고발자들을 공개적으로 지지하고 있다는 사실은 잠시 뒤, 히데오와 함께 식당을 향해 걷는 동안 듣게 됐다. 우리는 영화와 연극과 그즈음 여러 분야에서 시작된 미투 운동에 대해서 이야기를 나눴지만 영도가 말한 그 일에 대해서는 언급하지 않았다. 그 대신 나는 히데오의 연기를 거듭 칭찬했다. 내 말은 모두 진심이었다. 히데오는 어느 대목에서 진심으로 분노해야 하는지, 어느 대목에서 진심을 숨기고 모범 소년과 교사들을 조롱해야 하는지를 직감적으로 알고 있는 듯했다. 히데오는 조금 전 펼쳐 보인 연기의 여운이 다 가시지 않은 듯 들뜬 얼굴로 중얼거렸다.

"대본 봤을 때부터 마음에 들었어. 그래서 꼭 하고 싶었어. 나는 항상…… 억울했거든."

"억울했다고?"

나는 저녁 내내 주머니 속에 넣어두고 만지작대던 영도의 이야기를 한 번 더 곱씹으면서 히데오의 다음 말을 기다렸다.

"나 어릴 때 일본에서 살았거든. 그때 일본 애들한테 맞아서 코뼈가 부러진 적이 있어."

"코뼈가 부러질 정도로 맞았다고?"

나는 조금 놀란 채로 히데오를 바라봤다. 히데오는 멋쩍다는 듯 고개를 살짝 틀어 내 시선을 피하고 있었는데, 그래서 한번 부러졌다는 그의 날렵한 콧대가 더 잘 보였다. 그러고 보니 코가 왼쪽으로 조금 휘어진 것 같기도 했다. 히데오가 어렸을 때 일본에서 살았을 뿐 아니라 일본인이었으며, 일본인인 아버지는 여전히 교토에서 지내고 있다고 털어놓은 건, 우리가 찾아간 식당이 영업을 마친 것을 확인하고 다른 식당이 나올 때까지 조금 더 걸으면서였다. 이런 얘기를 하는 것은 처음이라고 말하면서, 그러나 이미 시작한 이야기를 끝까지 해야겠다는 듯이 히데오는 제법 긴 이야기를 쉬지 않고 말했다. 그사이 해가 저물었고, 불그스름한 가로등 빛이 길 위로 드리워졌다. 우리는 방음벽으로 가로막힌 1호선 철길을 따라 외대 쪽으로 걸어갔다.

"그래서 그 배역도 꼭 하고 싶었어. 나도 사람들을 좀…… 때려주고 싶었어."

히데오는 그렇게 말하고 입을 다물었다. 때려주고 싶었다는 것이 이 이야기의 결말이자 자기가 「따귀 게임」의 불량소년 역에 지원하게 된 중요한 단서라고 생각하는 것 같았다. 다만 그 말은 그때껏 내가 어렴풋이 알고 있던 히데오가 할 법한 말이 아니어서 나는 좀 당황했다. 물론 전혀 이해할 수 없는 것은 아니었다. 일본의 초등학교에서 괴롭힘당했고 한국에서 학교를 다니는 동안에는 자신의 정체성을 숨겨야 했다는 히데오의 얘기를 방금 들었으니까. 그럼에도 당시의 내게 히데오의 억울함은 너무나 멀리 있는 감정이었던 데다, 다소 낭만적으로 들리는 면까지 있었다. 내가 조금 당황하고 놀란 채로 애꿎은 지도 앱을 들여다보며 적당한 식당을 찾고 있을 때, 히데오가 이것 좀 보라며 갑자기 웃음을 터뜨렸다. 조금 전에 힘차게 농구공을 때린 탓에 히데오의 손바닥이 발갛게 부어올라 있었다.

"피부가 아직도 오돌토돌해."

히데오는 그렇게 말하며 한번 만져보라는 듯 손바닥을 내 쪽으로 미세하게 돌려주었다. 나는 히데오의 손바닥을 검지로 쓸었다. 과연 농구공 표면의 자잘한 돌기가 히데오의 손바닥에 남아 있었다.

히데오가 「따귀 게임」에 캐스팅되고 며칠 뒤, 처음으로 팀원 전원이 모인 대본 리딩이 있었다. 연출자와 작가, 네 명의 배우가 연극원 1층 연습실에 동그랗게 모여 앉았다. 연습에 앞서, 지윤은 학기 말 공연에서는 발을 설치할 예정이라고 설명했다.

"중식당 같은 데서 현관에 걸어두는 발이요. 모범 소년, 불량소년 사이에 놔둘 거예요. 두 분이 손이나 어깨로 발을 건드리면 발에 걸린 대나무나 유리가 부딪치면서 소리를 낼 수 있게요. 그 순간에 타격음 효과도 줄 거고요."

곧 교사 1 역을 맡은 배우가 초기 지문부터 낭독을 시작했다. 지문이 대사로 넘어가고 대사들이 대화로 바뀌었다. 교사들이 모범 소년과 불량소년이 벌여온 따귀 게임을 설명한 다음 마침내 불량소년 히데오가 등장했다.

"모든 것은 모범 소년의 요청 때문에 일어난 일입니다. 저희는 거래를 한 거예요. 저는 제 고통을 모범 소년에게 나누어 주고 모범 소년은 뺨을 내주는 거죠."

히데오가 말했고, 곧바로 모범 소년이 반박했다.

"하지만 그 거래는 신뢰와 정직을 바탕으로 합니다. 불량소년은 이 약속을 깨뜨렸어요. 불량소년은 매일 아버지에게 학대받은 일을 따귀로 환산해서 저를 때리기로 했지만, 알고 보니 그 애 아버지는 5년 전에 죽었더군요."

"아버지는 없지만, 제가 아버지에게 학대를 당했다는 건 분명한 사실이에요. 그건 없던 일이 되지 않아요. 저는 정확하게 제가 당한 만큼만, 그 고통을 따귀로 환산하여 모범 소년을 때렸습니다. 그리고 이 과정에서 저는 고통을 엄청나게 덜어냈어요. 제가 당한 그대로 저 약해 빠진 애한테 했으면……"

히데오는 맞은편에 앉은 모범 소년을 노려보면서 중얼거렸다. 그리고 그즈음엔 너무나 분명하게 알 수 있었다. 나는 히데오에게 푹 빠져 있었다. 몸에 비해 조금 커 보이는 체크 남방을 입고 연습실의 나무 바닥 위에 양반다리를 하고 앉아 있는 히데오를 가만히 바라보면서, 나는 그 사실을 담담하게 받아들였다.

　나는 그때도 히데오가 나에게 마음이 없다는 걸 알고 있었다. 히데오는 나를 좋아했지만 내가 바라는 방식으로는 아니었다. 그의 감정이 달라질 가능성도 거의 없을 것 같았다. 다만 한 주에 두 번씩, 팀원 전원이 참석하는 대본 연습이 끝나면 히데오는 정해진 순서처럼 나에게 함께 걷기를 청했고, 걷는 동안엔 그때껏 누구에게도 말한 적이 없다는 이야기들을 내게 들려주곤 했다. 한국의 초등학교로 온 뒤 얼마나 열심히 한국어 발음을 연습했는지, 일본인 아버지에 대해 어떤 거짓말들을 지어냈는지 그리고 그 모든 과정이 어찌나 피곤했는지. 이런 일이 몇 번 반복되자 나도 기대를 안 할 수가 없는 마음이 됐다. 돌이켜봐도 그 대화에는 분명 지나치게 내밀한 구석이 있었다. 히데오는 한국에서 학교를 다니는 동안 마주했던 여러 일들도 들려주곤 했다. 학창 시절 내내, 역사 시간이나 국어 시간에 들려오던 일본에 대한 말들, 혐오와 경멸로 범벅이 된 말들을 히데오는 모두 기억했다. 하지만 그러면서도 그런 일들을 어떻게 받아들여야 할지 잘 모르는 것 같았다. 히데오는 한국인 어머니를 모욕하며 자신을 괴롭히던 어린이들과 교내 일본어 강사를 쪽바리라고 부르던 고등학생들이 다르게 보이지 않았다고 말하면서도 그 일을 똑같이 인종차별이라고 할 수 있는지는 확신하지 못했다.

"그래도 인종차별이 맞지. 아니면 그걸 뭐라고 해?"

나는 석연치 않은 마음으로 대꾸했다. 한국인이 일본인을 혐오하는 일, "쪽바리"니 "섬숭이"니 하는 말들은 당연히 인종차별이 맞겠지만 한국인이 일본과 일본인을 싫어하는 걸 그저 인종차별이라고 할 수 있는가 생각하면 마음이 좀 복잡해졌다. 히데오 역시 그런 점을 모르지 않았다.

"한국이랑 일본 사이엔 과거가 있잖아."

히데오의 이야기는 늘 그렇게 끝났고, 그러면 우리는 연극이나 학교생활에 대한 이야기로 화제를 바꾸곤 했다. 만약 시간을 되돌려서 그때로 돌아갈 수 있다면 나는 아마 다른 이야기를 들려줄 것이다. 한국과 일본 사이에 과거가 있고 그것은 전혀 청산되지 않았지만, 그럼에도 그 죄를 히데오가 감당해야 하는 것은 아니라고, 고등학교 일어 교사가 공공연하게 쪽바리란 말을 들었던 것은 인종차별이고 제노포비아라고 말이다. 물론 지금의 히데오에게는 그런 말이 더 이상 필요하지 않겠지만.

리허설 날 무대에는 비즈로 만든 발이 설치됐다. 나와 지윤은 리허설 며칠 전부터 남대문시장을 돌며 여러 가지 색과 모양을 가진 비즈들을 사 모았고, 이틀 밤을 새 워가며 배낭 가득 담아 온 비즈를 여러 조합으로 꿰었 다가 풀었다. 마침내 완성된 발은 불량소년과 모범 소년 사이에 놓였다. 불량소년이 손을 뻗어 모범 소년을 때릴 때 관객들에게 급작스러운 빛을 반사하는 효과를 줄 수 있도록. 지윤은 그렇게 해서 관객들이 산란하는 빛에, 지윤의 표현에 따르면 빛의 폭력에 노출되길 원했다.

히데오와 모범 소년은 같은 교복을 입고 무대 중앙에 앉았고, 교사 1과 교사 2가 그 양옆에 앉았다. 리허설이 진행되는 동안 지윤과 그날 하루 우리를 도와주기로 한 무대미술과 선배는 무대장치를 여러 번 조정했다. 그들 이 비즈 발과 조명의 위치를 미묘하게 바꾸며 조명을 껐 다 켜는 동안, 나는 거의 텅 비어 있는 객석 한가운데에 앉아 어떻게 했을 때 찰랑거리는 비즈 발이 가장 눈부시 게 빛을 반사하는지를 알려주었다.

"환한데 그냥 예쁘게만 보여!"

"잠깐 반짝거리기만 해!"

"아주 환해!"

마침내 환한 빛이 어둑한 소극장에 번쩍여서 저절로 눈이 감겼을 때, 눈꺼풀 안쪽에 박힌 빛의 파편이 눈을 파고들었을 때, 나는 머리 위로 커다랗게 동그라미를 그 려 보였다. 그리고 환한 빛 속에서 히데오를 만났는데,

그 사람은 히데오가 아닌 히데오, 언젠가 히데오가 내게 말해준 또 다른 히데오였다.

히데오가 또 다른 히데오에 대해 들려준 건 공연이 얼마 남지 않은 어느 저녁, 오래 걷는 대신 연극원 건물 앞 평상에 나란히 앉아 잠깐 이야기를 나누었던 시간으로 기억한다. 그때는 몰랐지만 그 순간이 나와 히데오가 물리적으로나 정신적으로나 가장 가까웠던 순간이었다. 빛이 사라져가는 하늘을 바라보면서 히데오는 샛별이 보이겠다고 중얼거리고는, 점퍼 주머니에서 휴대전화를 꺼내 밤하늘을 찰칵찰칵 찍었다. 잠시 뒤에는 급작스럽게 진로를 바꿔 경기도 안양에서 강남의 연기 학원을 오가던 고등학교 3학년 무렵의 이야기를 꺼냈다.

"집에 가는 버스에서 잠들어서 내릴 역을 한참 지나쳤던 적이 있었는데." 히데오는 말했다. "일어나 보니까 창밖이 새카매서 여기가 어디인지 모르겠더라고. 그리고 갑자기 그런 생각이 들었어. 그때 엄마 아빠가 이혼 안 하고 다 같이 나고야로 갔으면 어땠을까 하고."

나고야. 히데오와 히데오의 부모가 완전한 일본인이 되기로 약속했던 곳. 나는 히데오의 이야기에 뭐라 답하지 못한 채 히데오를 바라봤다. 이윽고 히데오가 내게 물었다.

"누나는 내가 만약에 나고야에서 살았으면 어땠을 것 같아?"

"나고야에서 살았어도…… 지금이랑 비슷하지 않을까? 넌 그때도 비밀을 갖고 있겠지."

히데오는 고개를 끄덕였다.

"아마 그렇겠지? 근데 나는 계속 생각했어. 엄마 아빠가 다 일본 사람이면 내가 어땠을지. 반대로 다 한국 사람이면 또 어땠을지. 누나 생각엔 어땠을 것 같아?"

"그러면 너는 지금의 히데오가 아니고 다른 사람이겠지." 나는 그렇게 대답하고는 얼마 전 봤던 영화 이야기를 했다. "그 양자경 나오는 영화 있잖아. 거기 나오는 여러 가지 자아처럼 약간은 다르고 약간은 비슷하고, 그렇지 않을까?"

히데오는 자기도 그 영화를 봤다면서 밤하늘을 찍던 휴대전화로 영화 이미지들을 검색하기 시작했다. 그는 화려한 드레스를 입고 스포트라이트를 받는 영화 속 양자경의 이미지에 시선을 고정했다.

"있잖아, 누나, 나는 이런 사람이 되고 싶어."

히데오는 그렇게 말했는데, 그 말이 내게는 상처받지 않은 자신을, 따돌림도 비밀도 없는 성장기를 가지고 싶다는 얘기로 들렸다. 그리고 나는 거의 곧바로 영도를 떠올리게 됐다.

"그런 사람은 좀…… 끔찍할 수도 있지 않을까?"

나는 그렇게 말하고는 영도와의 일화를 들려주었다. 페미니즘 영화를 둘러싼 기이한 토론이 있었다고 나는 말했다. 영도와 막 사귀기 시작했을 무렵, 영도는 어떤 단편영화제의 수상작이 마음에 들지 않는다면서, 어떤 남자 감독들은 비평가들에게 아부하기 위해 '페미 영화'를 만든다고 주장했다.

"그럼 페미니즘 영화는 여자 감독들만 만들어야 해? 그건 아니지."

내가 그렇게 묻자 영도는 화들짝 놀라서 외쳤다.

"여자 감독들이야 피해의식에 찌들었으니까 페미 영화 같은 걸 만들지."

영도는 누군가가 페미니즘에 진지한 관심을 갖거나 페미니즘을 통해 자기 삶을 설명할 수 있다고 생각하지 못했다. 영도와 사귀는 내내 나는 영도에게 그 가능성을 설득하려고 애썼지만 영도는 흔들림이 없었다. 사실 영도와의 이런 일화는 끝이 없었다. 영도와의 반년 남짓한 연애는 이런 대화들로 점철되어 있었다.

히데오는 내가 말한 영도가 끔찍하다는 데 동의했지만, 내가 왜 자신과 영도를 연결시키는지, 어째서 또 다른 자신이 영도 같은 사람이 되었으리라고 짐작하는지는 이해하지 못했다. 그는 그저 상처받지 않은 자신을,

따돌림도 비밀도 없는 성장기를 가지고 싶었을 뿐이었으니까. 그리고 나도 어떤 이유에서 두 사람을 이어 붙였는지는 설명하기가 어려웠다. 우리의 대화는 잠깐 중단됐고, 잠시 뒤 히데오가 하늘을 바라보며 중얼거렸다.
"진짜 별 보이겠다."
몇 분 뒤에 정말 별들이 보이기 시작했다.

공연 당일, 히데오는 누구보다 빛을 발했다. 우리 팀의 다른 배우들은 물론이고, 연극원 학기 말 공연에 출연한 다른 배우들과 비교해도 그랬다. 그때 그가 겨우 스무 살이었고 연기과에서 이제 막 두 학기를 보냈다는 걸 생각하면 놀라운 일이었다. 「따귀 게임」 공연 이후 히데오는 연극원에서 제작되는 몇몇 작품에 불려 다니며 연기과에서 가장 바쁜 학생이 됐다. 영상원 학생의 졸업 작품에도 출연했는데, 그 영화가 국내 단편영화제들에서 주목받으며 히데오도 덩달아 약간의 유명세를 얻었다. 그날의 공연을 마치고도 나는 히데오와 종종 연락을 주고받았고 몇 번의 긴 통화를 하기도 했지만, 직접 만나지는 못했다. 연락 횟수도 서서히 줄어갔다. 내가 히데오를 다시 본 것은 히데오가 휴학을 마치고 학교로 돌아왔을 때였는데, 그때 나는 졸업을 보류한 채로 도서관을 드나들며 졸업 작품을 쓰고 있었다. 개강하고도 거의 한 달이 다 지났을 무렵, 히데오는 내게 전화를 걸어왔다. 그때는 1년 넘게 히데오와 아무런 왕래가 없었던 때였으므로 나는 꽤 오랫동안 휴대전화 화면에 떠오른 히데오의 이름을 바라봤다.

"누나, 잘 지냈어?"

마침내 휴대전화 화면을 밀자 히데오의 목소리가 튀어나왔다. 히데오는 예전에 우리가 가려다가 가지 못했던 식당 이름을 불러주며 기억이 나느냐고 내게 물었다. 물론 기억하고 있었다. 히데오와 함께한 거의 모든 것을 나는 소중하게 간직했으니까.

"거기 가볼래?"

히데오는 그렇게 물었고, 잠시 뒤 도서관 앞으로 나를 데리러 왔다. 우리는 예전처럼 걸었고, 나는 히데오에 대한 마음이 그다지 달라지지 않았다는 걸 씁쓸하게 깨달으면서 그의 안부를 물었다. 히데오는 최근에 치른 몇 번의 오디션 이야기를 들려줬고, 요즘은 자기를 알아보는 사람들이 종종 있다고 자랑을 하기도 했다. 그러고는 어제 학보사와 인터뷰를 했다고, 이제는 학보사 일을 하지 않느냐고 내게 물었다.

"그만둔 지 한참 됐지." 나는 말했다. "인터뷰에서 무슨 얘기 했는데?"

"이런저런 얘기. 「따귀 게임」 얘기도 했고. 아, 그리고 나 어렸을 때 얘기도 해줬지." 히데오가 대답했다. "일본에서 있었던 일들."

나는 조금 놀란 채로 히데오를 바라봤다. 히데오는 심상한 표정으로 고개를 끄덕였다. 잠시 뒤 나는 히데오의 비밀이 더는 비밀이 아니라는 것을 알게 됐다. 그의 동기들이며 함께 일한 연극원 사람들 대부분이 그가 한때 일본인이었다는 걸 알고 있다고 히데오는 설명했다.

"너 되게 편해졌구나."

내가 말하자 히데오는 웃음을 터뜨렸다.

"그런 일에 집착하다니 지금 생각하면 좀 웃겨. 그땐 무슨 대단한 비밀처럼 생각했는데."

나는 놀라움을 숨긴 채 히데오의 웃음기 가득한 얼굴을 바라봤다.

"그럼 넌 이제 비밀이 없어?"

히데오는 또 한 번 웃음을 터뜨리고는 고개를 저었다.

"아니, 새로 생긴 비밀이 아주 많지."

히데오는 새로운 비밀들을 말해줄 용의가 있어 보였지만 나는 묻지 않았다. 그날 이후 나는 히데오를 다시 만나지 못했다.

졸업 후에 나는 공연 예술 소식을 전하는 잡지사에서 반년쯤 기자로 일했고, 그런 뒤에는 어린이책을 만드는 출판사에 들어가 편집자로 일하기 시작했다. 지윤은 소규모 영상 프로덕션에서 일하고 있다. 한때 우리는 「따귀 게임」을 수정해 낭독극이 아닌 정식 공연으로 올리는 일에 골몰했지만 성공하지는 못했다. 「따귀 게임」에 참여했던 사람 중 전공과 관련된 일을 지속하고 있는 사람은 히데오가 유일하다. 얼마 전에 그는 촉망받는 신인 감독의 영화에도 비중 있는 조연으로 출연했고, 몇몇 기사에서 "충무로의 신성"이라는 찬사를 들었다. 이제 히데오는 그를 찾는 인터뷰마다 자신의 어린 시절 이야기를 들려준다. 그의 레퍼토리는 늘 비슷하다. 어렸을 때 일본에서 자랐으며 그곳에서 심각한 이지메를 당했다고 고백하고, 그래서 한국으로 이주하여 보낸 학창 시절이 소중하다고 강조한다. 일본에서도 한국인 정체성을 포기하지 않았던 어머니에 대한 사랑을 전한다. 그리고 그의 이야기를 읽을 때마다 나는 이제 더는 히데오가 아닌 히데오를 히데오라고 부르곤 한다.

인터뷰

서장원
×
강동호

강동호 안녕하세요, 서장원 작가님. 반갑습니다.『소설 보다: 여름 2024』에서「리틀 프라이드」로 독자들과 만난 이후, 다시 1년 만에 인사를 나누게 되어 더욱 반갑고 뜻깊은 마음입니다. 그간 어떻게 지내셨는지, 최근 근황을 독자들과 함께 나눠주시면 감사하겠습니다.

서장원 안녕하세요, 강동호 평론가님. 처음 인사드립니다.『소설 보다: 여름 2024』가 출간된 지도 벌써 1년이 지났네요.〈소설 보다〉시리즈에 또 한 번 함께하게 되어 기쁘고 신나는 마음입니다. 그동안 저에겐 많은 일이 있었습니다. 작년 연말에 경기도에서 경상남도 진주로 이주하였고요. 다니던 회사를 그만두기도 했습니다. 지금은 문학상주작가 지원사업에 참여하고 있습니다.

강동호 「히데오」라는 작품은 제목에서부터 '히데오'라는 고유명이 강한 서사적 중심축으로 작동한다는 인상을 줍니다. 작품 속에서 히데오는 단순히 한 인물을 지시하는 이름이 아니라 화자인 '나'가 과거의 기억을 복기하고, 히데오의 삶을 하나의 이야기로 엮어내는 핵심 장치로 기능하지요. "히데오의 생애 초반에 일어난 일들을 하나의 이야기로 꿸 수 있게 됐다" "히데오의 진짜 이름이 더는 히데오가 아닌 것처럼" "히데오가 아닌 히데오, 언젠가 히데오가 내게 말해준 또 다른 히데오"와 같은 문장들은, 히데오라는 이름이 고정된 자아를 지시하기보다는, 기억과 서사, 수행과 고백의 과정을 따라 유동적으로 형성되는 정체성의 표면임을 암시하는 듯합니다. 작가님께서는 이처럼 하나의 고유명을 반복해 호명함으로써, 독자에게 어떤 서사적 감각이나 효과가 발생하길 기대하셨는지 궁금합니다.

서장원 한때 화자는 히데오가 히데오인 것을 알고 있던 거의 유일한 사람이었습니다. 그리고 화자는 이 사실이 의미있다고 생각했던 것 같아요.

물론 현재 시점에서 히데오의 과거는 더 이상 비밀이 아니고, 그렇기에 히데오의 이름을 부르는 일도 그리 유의미하지는 않습니다. 그럼에도 화자는 히데오를 히데오라고 불러서 한때 이 관계가 특별했다는 걸 말하고 싶었던 것 아닐까 생각했습니다.

또한 히데오라는 이름은 평론가님께서 말씀해주신 것처럼 "정체성의 표면"일 텐데요. 화자가 사랑한 사람 역시 히데오라는 이름을 가졌던 한 사람이 아니라, 그 사람의 일부인 히데오일 수밖에 없다고도 생각합니다. 화자는 히데오의 과거에 대해 이것저것 전해 듣게 되지만 그다지 친밀한 관계를 맺지는 못하잖아요. 히데오와 친하다고도, 히데오를 잘 안다고도 말하기 어려운 형편이지요. 물론 어떤 관계에서든 누군가를 완전히 파악했다고 할 수는 없겠지만요. 화자는 자신의 사랑이 닿는 부분이 아주 한정적이라는 것을 알고 있기에, 사랑의 범위를 정해놓듯이 히데오를 히데오라고 부르는 것이라고도 생각했습니다.

강동호 돌이켜보면, 이 작품에서 히데오의 '한국 이름'이 끝내 밝혀지지 않는다는 점이 인상 깊게 다가왔습니다. 화자는 이야기 내내 그를 줄곧 히데오라고 지칭하며, 그 결과 독자 역시 히데오의 한국 이름을 알 기회를 갖지 못하지요. 물론 "그러면 너는 지금의 히데오가 아니고 다른 사람이겠지"라는 문장이 있기는 하지만, 이 소설이 전반적으로 과거를 회상하는 방식으로 구성된다는 점을 감안하면, 화자가 실제로 히데오를 어떻게 불렀는지는 끝내 드러나지 않는다고도 할 수 있겠습니다. 이처럼 이름이 하나의 공백으로 남겨진다는 점은, 히데오가 한국 사회 안에서 감추고자 했던 정체성과 긴밀하게 연결되는 듯합니다. 동시에 마지막까지 히데오라는 일본식 이름으로만 호명됨으로써, 그는 기억과 이야기 속에서 여전히 불완전하고 유동적인 인물로 남게 되지요. 작가님께서는 히데오의 한국 이름을 끝내 비워둔 이 구성에 어떤 서사적 혹은 상징적 의미를 부여하셨는지 궁금합니다. 그리고 혹시 작가님 마음속에 설정해두신 히데오의 한국식 이름이 있었는지도 함께 여쭙고 싶습니다.

서장원 사실 히데오의 한국식 이름은 설정해두지 않았습니다. 이 소설을 쓰는 동안 화자가 이 이야기를 말하는 시점과 히데오와 함께했던 시간 사이에 제법 큰 간극이 있다는 점을 계속 의식하려고 노력했던 것 같아요. 화자는 히데오는 물론 과거의 자신에 대해서도 완전히 알지 못한 채 이야기를 이어갑니다. 히데오도, 자신에 대해서도 확신하지 못한 채로요. 그리고 저는 이 '확신하지 못함'에서 비롯되는 문체가 소설의 분위기가 되기를 바랐어요. 히데오의 한국 이름을 정해두지 않은 것도 이런 이유였습니다. 히데오의 한국 이름을 정하면 제가 히데오에 대해서 너무 많은 것을 짐작하게 될 테고, 그러면 이 분위기가 깨질 것 같았거든요.

그리고 히데오는 공백과 잘 어울리기도 합니다. 히데오는 자신에 대해 말하지 않으며 살아왔고, 그렇게 했을 때 다른 사람들이 그 공백을 메꾸어 나름의 이야기를 만든다는 것을, 그렇게 자신을 오해한다는 것을 잘 알고 있습니다. 그 오해를 기꺼이 받아들이는 사람이 화자가 사랑에 빠졌을 당시의 히데오입니다. 조금 과장된 이야기일 수도 있겠지만, 화자는 이제 자신이 히데오의 한국식 이름을 감춘 채 히데오의 이야기를 전함으로써 이 이야기의 주인이자 서술자가 되려고 한 것일지도 모르겠다고 생각하기도 합니다.

강동호 이 소설에서 서사를 이끄는 핵심 동력은 결국 '나'와 히데오 사이에 흐르는 감정적 관계 그리고 히데오가 '나'에게 수행하는 일련의 '비밀 고백'에서 비롯된다고 생각합니다. 특히 "히데오에겐 몇 가지 비밀이 있었는데"라는 소설의 첫 문장은 이 이야기가 고백을 둘러싼 서사임을 단번에 드러내는 인상적인 도입부이기도 하지요. 흥미로운 점은, 이 작품 속의 고백이 단순히 숨겨진 진실을 밝혀내는 과정에 그치지 않는다는 데 있습니다. 사실 독자는 이야기 초반부터 히데오의 출생, 국적, 과거의 차별 경험 등 이른바 '비밀'이라 불릴 수 있는 사실들을 이미 전달받은 상태이기 때문에, 이후 이어지는 고백들은 진실의 폭로라기보다 그 진실이 언제, 어떻게, 누구에게 말해지는가라는 윤리적이고 감정적인 맥락 속에서 새롭게 의미화되어갑니다. 더불어 "그런 일에 집착하다니, 지금 생각하면 좀 웃겨. 그땐 무슨 대단한 비밀처럼 생각했는데"라는 히데오의 말이나, "아니, 새로 생긴 비밀이 아주 많지"라는 농담 같은 고백은, 고백이라는 행위 자체가 말해지는 순간마다 갱신되고 축적되는 일종의 정체성 수행이자 감정적 계약처럼 느껴지게도 합니다. 작가님께서는 이 작품에서 고백이라는 행위를 어떤 방식으로 바라보셨는지, 그리고 '비밀'이라는 요소가 인물 간의 관계나 서사의 운동, 혹은 정체성의 형성 과정에서 어떤 기능을 하기를 바라셨는지 여쭙고 싶습니다.

서장원 저는 고백에서 중요한 것은 수치심이라고 생각합니다. 고백의 내용이 무엇이든, 사람들은 고백을 해도 수치심을 주지 않을 대상을 골라 자신의 이야기를 고백하고 싶어 하니까요. 히데오도 그렇습니다. 그는 화자가 자신의 과거를 알고도 자신을 혐오하지 않으리라고 생각하며 자기 이야기를 들려줍니다. 히데오가 화자에게 자신의 유년기와 누구에게도 말하지 않았던 이름을 말해주는 순간 두 사람 사이에는 이 일로 수치심을 주지 말자는 계약이 성립된다고도 할 수 있습니다. 그리고 이 계약이 그때의 히데오에게는 꼭 필요했을 것 같아요. 나중에 히데오는 "그땐 무슨 대단한 비밀처럼 생각했는데"라고 말하면서 그때의 고백이 현재의 자신에게는 중요하지 않다고 선언합니다. 히데오가 간직했던 비밀은 더 이상 비밀이 아닙니다. 어떻게 보면 히데오는 화자와의 계약을 저버린 셈이지요. 그리고 이는 히데오의 변화를 알려주는 말이기도 한데요. 히데오는 자신의 친부가 일본인이며 일본에서 따돌림과 폭력의 대상이 된 것에 대해 (그것이 자기 잘못이 아님에도) 약간의 수치심을 가지고 있었습니다. 그리고 저는 이 수치심이 히데오가 소수자임을 보여주는 감정이라고도 생각했어요. 소수자들은 수치심과 자긍심을 동전의 양면처럼 가지고 있는 경우가 많으니까요. 「따귀 게임」 공연 이후 히데오는 이 수치심을 다소간 내려놓습니다. 인터뷰마다 자신의 과거 이야기를 들려주게 되고요. 그렇다고 해서 히데오가 소수자가 아니게 되지는 않겠습니다만, 정체성에 변화가 있었다고는 말씀드릴 수 있을 것 같습니다.

강동호 「히데오」에서 가장 흥미롭고도 인상 깊은 지점은, '나'와 히데오 사이의 관계가 끝내 균형을 이루지 못한 채, 일종의 감정적 비대칭 위에 놓여 있다는 점입니다. 두 사람은 함께 걷고, 필담을 나누고, 연극을 준비하며 어느 시기에는 물리적·심리적으로 몹시 가까운 거리에 도달하지만, 자세히 들여다보면 이 관계는 언제나 한쪽으로 쏠린 듯한 불균형을 유지하고 있습니다. '나'의 감정은 분명히 연애에 가까운 방향으로 기울어 있으나, 히데오는 그것을 받아들이지도, 그렇다고 완전히 거부하지도 않은 채, 조용히 자신의 이야기를 '나'에게 들려줄 뿐입니다. 히데오의 고백은 '나'를 향한 것처럼 보이지만, 때때로 그것은 화자와 무언가를 공유하기 위한 대화라기보다 자기 자신을 정리하고 정체화하기 위한 독백처럼 느껴지기도 하지요. 이러한 감정과 고백의 비대칭성은 작품 후반으로 갈수록 더욱 뚜렷해집니다. 히데오는 더 이상 자신의 과거를 숨기지 않고 언론 인터뷰를 통해 그것을 공개적으로 '말하는' 존재로 전환되는 반면, 화자는 "나는 이제 더는 히데오가 아닌 히데오를 히데오라고 부르곤 한다"라는 문장으로 자신의 감정을 마무리합니다. 이 문장은 마치 관계의 종료를 선언하는 '사적인 작별 인사'처럼도 읽히는데요. 작가님께서는 이 관계를 어떤 성격의 관계로 상정하고 계셨는지 궁금합니다. 그것은 연애였을까요? 혹은 우정이나 동료애였을까요? 아니면 어느 쪽으로도 쉽게 분류할 수 없는, 정체를 가늠하기 어려운 감정적 관계 혹은 유동적인 유대였다고 할 수 있을까요?

서장원 두 사람의 관계에서 제가 중요하게 생각했던 건, 그 둘이 일반적인 대학 선후배 사이가 아니라는 점이었던 것 같습니다. 히데오가 화자에게 털어놓은 비밀은 적당한 거리에 있는 대학 선배에게 전할 수 있는 이야기의 범위를 넘어섭니다. 상식적이지 않다고도 할 수 있겠습니다. 히데오를 좋아하고 있던, 그러나 히데오가 "나를 좋아했지만 내가 바라는 방식으로는 아니"라는 것을 잘 알고 있던 화자는 그러한 고백에 마음이 흔들리게 됩니다. 이 내밀한 고백은 이제부터 선후배 관계가 아닌 다른 방식의 관계를 맺어보자는 제안이기도 할 테니까요. 화자는 기쁘게 이 제안을 받아들이지만, 그렇다고 해서 관계의 주도권을 쥐지는 못합니다. 발화자와 청자가 암묵적으로 정해진 관계는 말씀해주신 것처럼 불균형하기 때문입니다. 오랜만에 재회한 히데오는 화자의 비밀을 궁금해하는 대신 자기에게 새로운 비밀이 생겼다면서 자기 이야기를 하려고 하는데, 저는 이러한 발언이 두 사람 사이에 남아 있던 로맨스에 대한 일말의 가능성을 완전히 몰아내버렸다고 생각했습니다. 이는 두 사람 사이의 불균형을 고착시키는 말이니까요. 비뚜름하게나마 들려 있던 양팔 저울이 쓰러지는 장면이라고 저는 생각했습니다. 이후 화자는 혼자만의 이별을 치르며 현시점의 히데오를 "히데오가 아닌 히데오"라고 명명합니다. 자신이 사랑한 사람이 이제는 없다고 선언하듯이요.

강동호 '영도'라는 인물에 대해서도 여쭙고 싶습니다. 히데오와 영도는 겉보기에는 매우 다른 성격을 지닌 인물처럼 보입니다. 영도는 언제나 관계의 중심에 서고자 하며, 자신의 감정을 이야기의 주축으로 삼는 데 능숙한 반면, 히데오는 자신을 드러내기보다는 감추고 침묵하며, 타인의 시선에서 벗어나 있으려 하지요. 하지만 이처럼 뚜렷한 대비를 이루는 두 인물이 화자의 내면에서는 묘하게 겹쳐지거나, 서로를 비추는 거울처럼 기억된다는 점이 인상적이었습니다. 특히 두 사람 모두 이름을 둘러싼 서사적 호명과 연결되어 있다는 점이 흥미롭게 다가옵니다. 화자는 영도에 대해 "그를 직접 영도라고 부른 적은 없다. 다만 헤어진 뒤로는 그를 떠올릴 때마다 자연스럽게 영도라는 이름을 떠올리게 됐다"라고 회상하고, 히데오에 대해서는 "나는 이제 더는 히데오가 아닌 히데오를 히데오라고 부르곤 한다"라고 말하지요. 이 두 문장은 모두 감정적 거리와 정체불명의 관계를, 이름을 부르는 행위를 통해 사후적으로 정리하는 방식처럼 읽히기도 합니다. 작가님께서는 히데오와 영도를 어떤 구조로 연결 지으셨는지, 그리고 두 인물이 화자에게 각각 어떤 감정의 궤적과 상징성을 남긴다고 생각하셨는지 궁금합니다.

서장원 저는 화자에게 한정적인 안전함을 주는 인물이 영도라고 생각했어요. 유해함으로부터의 안전함이 아니라, 매력적인 여성으로 대접받지 못하는 일에 대한 안전함이요. 남녀가 동석해 있는 자리에서 "데이트해?"라는 질문을 남성에게 던질 경우, (종종) 화자의 의도와 무관하게 이 질문은 '이 여성은 매력적입니까?' 하는 함의를 지니게 될 것 같은데요. 이 질문은 곧 매력적인 여성이 되어야 한다는 압박으로 비화될 거라고도 생각해요. 영도는 화자와 히데오가 함께 있는 모습을 발견한 뒤, 바로 이 압박을 주기 위해 의도적으로 이 질문을 두 사람에게 던집니다. 또한 화자는 이 압박에서 자유롭지 않습니다. 과거에 영도는 바로 이 점을 이용하여, 화자와 동행한 칵테일 바에서 화자의 위신을 세워줍니다. 화자에게 안전한 감각을 주는 것이지요. 물론 이때의 안전함은 영도가 허락한 범위 내에서의 안전함입니다. 화자가 영도에게서 안전한 감각을 느낀다는 것은 곧 영도에게 화자가 매력적인 여성인지 아닌지 판단할 수 있는 권한을 주는 일과 같습니다.

히데오는 이러한 안전함에 대한 감각이 없는 남성이라고 생각했습니다. 데이트를 하느냐는 질문에 "그냥 밥 먹는 거지"라고 대답할 경우 여성에게 미칠 영향에 대해, 히데오는 적어도 의식적인 차원에서는 잘 모릅니다. 하지만 화자는 히데오에게서 영도와는 다른 안전함을 발견합니다. 관계의 주도권을 잡으려 하지 않고, 주목받기를 바라시 않는 사람에게서 느껴지는 감각이겠지요. 그런 면에서 히데오와 영도는 화자에게 전혀 다른 안전함을 주는 인물이라고 할 수 있을 것 같습니다.

강동호 「히데오」에서 연극, 특히 극중극으로 삽입된 「따귀 게임」은 매우 인상적인 장치로 느껴졌습니다. 단순한 이야기 속 이야기로 머무는 것이 아니라, 히데오라는 인물의 감정과 정체성이 수행되고 재구성되는 하나의 장(場)처럼 작동하기 때문입니다. 히데오는 이 연극에서 불량소년 역할에 유달리 강한 애착을 보이며, 그 배역을 연기하는 과정에서 내면 깊숙이 억눌려 있던 분노와 억울함, 고통을 폭발시키는 모습을 보여줍니다. 그러나 이 장면은 단순한 감정의 배출로만 읽히지 않습니다. 「따귀 게임」이라는 무대는 히데오의 과거와 감정 구조를 반영하는 상징적 공간이자, 고통을 타자에게 전달하고 거리화하며 재해석하는 예술적 장치로도 기능

합니다. 더 나아가 이 무대는 히데오가 타인의 시선이나 언어에 기대지 않고, 처음으로 스스로를 연기해보는 장소이기도 하지요. 자신의 감정과 서사를 통해 정체성을 실험함으로써 마침내 더는 자신을 감추지 않고 외부로 드러내는 전환점으로도 읽힙니다. 작가님께서는 이 연극이라는 장치를 어떻게 구상하셨는지, 그리고 그것이 히데오의 감정 변화나 정체성 형성과 어떤 접점을 이루기를 바라셨는지 궁금합니다.

서장원 이 소설은 2024년 봄부터 쓰기 시작했습니다. 그러나 봄과 여름 동안 30매를 채 쓰지 못하고 미적거리다가 결국 포기했어요. 제가 잘할 수 있는 이야기가 아니라고 생각했거든요. 그러다 올해 봄에 파일을 다시 열어보니 이제는 할 수 있지 않을까 하는 생각이 들어 다시 쓰기 시작했습니다. 작품 속에 연극을 넣게 된 것도 다시 쓰면서였습니다. 화자와 히데오가 함께 무언가를 하면 작품 후반부에 활기가 생기지 않을까 기대했어요. 그렇게 해서 「따귀 게임」이라는 가상의 연극을 작품 속의 작품으로 넣게 되었습니다. 화자의 전공도 문예창작에서 극작으로 바꾸게 되었고요. 사실 저는 그전까지 연극도 희곡도 거의 보지 않고 지내다가 2024년부터 좋은 연극과 희곡을 몇 편 접하게 되었는데요, 아마도 그 영향이 있었을 거라고 생각합니다.

히데오는 무대 위에서 불량소년 배역이라는 한 겹의 안전 막 뒤에서 자신의 감정을 드러냅니다. 그리고 이를 계기로 변화를 겪습니다. 여기에는 여러 이유가 겹쳐 있을 듯한데요. 단순하게는 자신과 비슷한 배역을 맡았다는 데서 오는 효과라고 할 수 있겠고요, 자신의 상처를 수치화하여 표현하는 불량소년이란 인물에 동화되며 스스로에게서 약간의 거리를 두게 됐다고도 말씀드릴 수 있을 것 같습니다. 그리고 저는 좋은 소설은 독자에게 상처를 줄 수 있어야 한다고 생각하는데요, 이는 연극에도 적용이 될 것 같습니다. 「따귀 게임」은 이런 논리를 직접적으로 노출합니다. 갑자기 빛을 반사시키는 장치를 통해 관객들에게 폭력을 가하는 작품이기 때문입니다. 히데오는 이 연극의 참여자로서 상처받았고 그 상처가 히데오를 바꿔놓았다고도 생각합니다. 이 경우, 긍정적인 변화라고 생각하진 않지만요.

강동호 점차 다양한 방향으로 확장되어가는 작가님의 소설 세계를 늘 흥미롭게 지켜보고 있는 한 사람으로서, 앞으로의 집필 계획에 대해 여쭙고 싶습니다. 현재 집중하고 계신 서사적 주제나 구상 중인 작품이 있으시다면 간단히 소개해주실 수 있을까요? 더불어 향후 작품에서 좀더 깊이 탐구해보고 싶은 인물 유형, 감정의 구조 혹은 주제 의식이 있다면, 그에 대한 작은 힌트도 함께 들을 수 있다면 좋겠습니다.

서장원 사실 쓰겠다고 마음먹고 너무 오랫동안 쓰지 못한 글이 있는데요, 시작은 장편소설에 대한 아이디어였어요. 한 젠더퀴어 청소년이 정신병원에서 죽음을 맞이한 이후, 그의 모친이 자식의 죽음을 추적하는 이야기입니다. 쓰고 싶다는 마음만 가진 채 다른 일들에 치여 지냈어요. 너무 오래 쓰지 못했기에 이제 이 이야기를 제가 잘 쓸 수 있을지 조금 걱정이 됩니다. 그래도 올해 하반기에는 온전히 집중하는 시간을 갖고 싶습니다. 젠더퀴어 인물에 대해 더 많이 써보고 싶어요. 몸에서 느껴지는 수치심에 대해서도요.

두정랜드

이유리

2020년 『경향신문』 신춘문예를 통해 작품 활동을 시작했다. 소설집 『브로콜리 펀치』 『모든 것들의 세계』 『웨하스 소년』 『비눗방울 퐁』, 연작소설 『좋은 곳에서 만나요』 등이 있다.

학생이야? 꼭 애기 같네.

등 뒤에서 나를 유심히 보던 미화 여사님이 말을 건넸다. 나는 눈썹을 팔(八)자로 모으며 대답했다.

휴학하고 돈 벌러 내려왔어요. 등록금 내려고.

아이고, 그럼 서울서 대학 다니는 거야? 두정까지 내려와서 이게 무슨 고생이래.

괜찮아요. 남들 다 하는 고생인걸요.

미화 여사님의 얼굴이 구겨졌다. 안타까워 못 견디겠다는 듯이. 정면에 붙은 커다란 거울에 우리의 모습이 비쳤다. 테두리에 'WELCOME TO DOOJUNGLAND'라고 쓰인 금박 리본이 둘러져 있어, 거울은 꼭 화장실의 풍경을 그린 정물화처럼 보였다. 나는 손을 꼼꼼히 씻은 뒤 주머니에서 틴트를 꺼냈다. 거울에 얼굴을 가까이 붙이고 색이 지워지지도 않은 입술 위에 다시 바르는 척했다. 대걸레로 바닥을 밀던 미화 여사님이 문득 고개를 들고 말했다.

나도 대학 가고 싶었는데.

대답이 없자 덧붙였다.

선생님이 되고 싶었어. 국어 선생님. 잘할 수 있을 것 같았거든.

나는 틴트 뚜껑을 소리 나게 닫았다. 그러고는 인사도 없이 종종걸음으로 화장실을 나섰다. 미화 여사님이 어리둥절한 표정으로 내 뒷모습을 쳐다보리란 걸 알았지만 신경쓰지 않았다. 내가 듣고 싶은 얘기는 그딴 게 아니었다.

저 저, 서울 애 아니랄까 봐 싸가지 없는 것 봐.

쏘아붙이는 말에 뒤통수가 따가웠고, 그제야 나는 작게 미소 지었다.

두정랜드에서 가장 인기 있는 어트랙션은 '크리갈의 침공'이다. 70미터 높이에서 수직으로 하강하는 살인적인 코스로 유명한 롤러코스터. 단지 이걸 타보기 위해 서울에서 두정까지 왔다는 사람도 많았다. 나는 그런 사람들, 그러니까 서울 사람들을 한눈에 구분할 줄 알았다. 연두와 내기도 자주 했다. 맞히면 연두가, 틀리면 내가 퇴근 후 저녁 쏘기. 아니 노래방도 쏘기. 아니 아니 노래방에서 음료수까지 쏘기. 맞힐 거라고 확신했으므로 나는 이것저것 조건을 덧붙였고, 번번이 맞혔다. 그렇게 몇 번인가 얻어먹은 뒤에야 나는 툴툴대는 연두에게 구분하는 방법을 설명해줬다. 잘 봐라, 짧은 치마 입고 구두 신고 머리 노랑파랑초록으로 물들인 쟤, 안 봐도 두정. 빵빵한 노란색 노스페이스 패딩 입고 쉼표 머리 한 애, 쟤도 두정. 반면에 쟤네 봐. 집 앞 놀이터 나온 것처럼 추리닝 바지에 목도리 칭칭 감은 쟤네. 쟤네는

백 프로 서울이야. 연두는 눈을 가늘게 뜨고 내가 가리킨 사람들을 쳐다보았다. 막 출발하려는 열차에 올라앉은 사람들은 옥수숫대에 일렬로 박힌 옥수수알 같았다. 왜 그렇게 생각하는데? 연두가 물었다. 나는 대답 대신 귀에 걸친 무선 마이크를 입 가까이에 가져다댔다.

짜릿한 모험의 세계에 오신 여러분을 환영합니다 사악한 괴물 크리갈이 쳐들어와 공주를 납치하려는 절체절명의 순간 여러분은 크리갈을 무찌르고 공주를 구할 수 있을까요 크리갈의 침공 지금 출발합니다

열차가 서서히 움직이기 시작했다. 사람들이 서로 마주 보며 긴장 섞인 비명을 질렀다. 이윽고 열차는 빠르게 내달려 우리가 있는 부스 앞을 스쳐 지나갔다. 나는 마이크를 껐다. 연두는 입을 꾹 다물고 땋은 머리채를 만지작거리다가 물었다.

야, 그럼 나는 서울이야 두정이야?

나는 연두를 위아래로 훑어봤다. 연두는 왼쪽 가슴에 두정랜드라고 씌어진 하늘색 롱 패딩과 청바지를 입고, 뉴발란스 운동화를 신고 있었다. 머리에는 펠트로 만든 루돌프 사슴뿔이 달린 머리띠가 씌워져 있었다. 2월인데도 그런 걸 쓰고 있다니 이건 두정, 너무나도 두정이라고 생각했지만…… 나는 좀더 면밀히 살펴보는 척한 뒤 말했다.

두정랜드 61

넌 씨발 존나 서울.

그러자 연두가 씩 웃었다. 두정 같은 웃음이었다. 그 웃음을 바라보고 있는데 열차가 돌아왔다. *모험은 즐거우셨나요 안전 바 올라갑니다 왼쪽으로 천천히 하차해주십시오* 아직 흥분이 가시지 않은 얼굴을 한 사람들이 헝클어진 머리를 매만지며 내렸다. 내가 서울 애들이라고 했던 커플도 볼이 빨갛게 상기된 채 바구니에서 휴대폰이며 모자 따위를 챙겼다. 부스 옆에 있는 출구로 나가려는 그들을 연두가 붙잡아 세웠다.

저기 고객님, 혹시 어디서 오셨어요?

연두가 묻자 그들은 바로 대답하는 대신 서로의 얼굴을 한 번 마주 봤다. 진짜 황당한 소리를 들었다는 듯이. 그러고는 동시에 잠실이요,라고 말했다. 그것 봐라. 나는 속으로 웃었고 연두는 얼굴을 찡그렸다. 근데 그건 왜 물어보시죠? 남자가 불쾌하다는 듯 물었다. 연두는 아무렇지 않은 얼굴로 롱 패딩 주머니에서 두정랜드 로고가 찍힌 사탕을 한 움큼 꺼냈다. 서울에서 오신 고객님들께 특별한 선물을 드리는 이벤트를 하고 있거든요. 그러면서 여자의 손에 사탕을 쥐여주었다. 두 사람은 떨떠름하게 고맙다고 말하곤 다른 놀이기구를 타러 떠났다. 오늘 저녁은 뭘 먹지. 나는 연두의 머리 위에서 흔들리는 루돌프 뿔을 바라보며 생각했다. 닭갈비를 먹을까.

어쩌면 우리가 자주 가는 닭갈빗집에서 저 커플을 마주 칠지도 모른다. 두정에 온 서울 사람들은 두정랜드에 들렀다가 닭갈비를 먹고 귀경하는 것이 일반적이니까. 그땐 말해줄 수 있을 것이다. 잠실이라고만 하면 어떻게 아냐고. 세상 모든 사람들이 잠실을 알 거라고 생각하느냐고. 하지만 사실은 나도 알고 연두도 안다. 잠실은 서울에 있다는 걸. 잠실에는 두정랜드와는 비교도 할 수 없을 정도로 화려한 롯데월드가 있다는 것도.

우리는 커플의 뒷모습을 끝까지 눈으로 좇았다. 손을 잡고 길 가운데로 걷던 두 사람은 갑자기 길섶으로 치우쳤다. 여자가 주머니에서 반짝이는 작은 것들을 한 주먹 꺼내 쓰레기통에 넣었다.

그때 어딘가에서 핑크퐁 할아버지가 나타났다.

핑크퐁 할아버지는 커플이 떠나자마자 쓰레기통에 손을 쑥 집어넣고 쓰레기를 한 줌 가득 퍼 올렸다. 그러고는 그 속에서 여자가 버린 사탕을 골라냈다. 하나하나 집어 점퍼 주머니에 소중히 넣고, 남은 쓰레기는 도로 쓰레기통에 버렸다. 그 꼴을 보고 있던 연두가 조용히 말했다.

온다.

사탕을 거진 다 골라냈는지 쓰레기통 앞을 떠난 핑크퐁 할아버지는 예상대로 이쪽을 향해 걸어오기 시작했다. 나는 고개를 돌렸다. 사람들이 또다시 줄지어 빈 열차에 타고 있었다. 맨 앞자리에 타는 행운을 잡은 어린 여자애 둘이 꺅꺅거리며 팔을 뻗어 셀카를 찍었다. 연두가 낄낄댔다. 롤러코스터 타러 오면서 베레모에 부츠? 쟤넨 내가 봐도 두정이다 야. 나도 웃었다.

짜릿한 모험의 세계에 오신 여러분을 환영합니다 사악한 괴물 크리갈이 쳐들어와 공주를 납치하려는 절체절명의 순간 여러분은 크리갈을 무찌르고 공주를 구할 수 있을까요 크리갈의 침공 지금 출발합니다

열차가 떠났다. 아아악! 두정 여자애들이 지르는 새된 비명 소리가 멀어졌다.

핑크퐁 할아버지가 핑크퐁 할아버지인 이유는 두정랜드 어딘가에서 주웠을 분홍색 아기상어 인형이 달린 머리띠를 쓰고 다니기 때문이다. 두정랜드의 모든 직원이 그 할아버지를 핑크퐁 할아버지라고 부르지만, 그 상어는 핑크퐁이 아니라 핑크퐁 제작사에서 출시한 여러 캐릭터 중 하나일 뿐이고 진짜 핑크퐁은 분홍색 여우처럼 생겼다는 사실을 나와 연두는 안다. 알면서도 핑크퐁 할아버지라고 부른다. 어감이 좋으니까. 핑―이라고 말할 때 가로로 납작해졌다가, 그대로 크―를 지나 퐁―이라고 말할 때 다시 상큼하고 동그랗게 모여드는 입술. 그 귀여운 단어 뒤에 따라오는 게 할아버지라는 건, 게다가 그냥 할아버지도 아니고 부랑자 같은 행색에 놀이공원 쓰레기통에서 주운 음식으로 연명하는 거지 할아버지라는 건 왠지 기쁠 정도로 재미있으니까.

근데 핑크퐁 할아버지 사실 개부자래. 운전기사도 있대.

누가 그래?

매표 팀 애들이. 양복 입은 운전기사가 맨날 데려다주고 데리러 온다더라.

차 뭔데?

뭐더라, 제네시스 뭐랬는데.

나는 연두를 한심하게 여기는 마음을 들키지 않으려고 고개를 돌렸다. 부스 아래가 내려다보였다. 크리갈을 타기 위해 줄을 선 사람들의 까만 머리꼭지가 보였다. 그 사이에 분홍색 아기상어도 있었다. 빽빽한 줄이 아기상어를 가운데 두고 앞뒤로 멀찍이 끊어져 있었다.

핑크퐁 할아버지는 크리갈을 하루에 열 번 넘게 탔다. 그게 가능한 건 할아버지가 자유 이용권을 갖고 있기 때문이었다. 어떻게 된 일인지는 모르겠지만 팔목에 찬 노란색 종이 팔찌는 분명 두정랜드 자유 이용권이 맞았고 팔찌에 찍힌 날짜 스탬프도 정확히 당일 날짜였다. 무슨 돈으로 매일 자유 이용권을 사는 걸까, 궁금해서 한번은 식당에서 마주친 매표 팀 아이한테 물어보기도 했다. 그 애는 핑크퐁 할아버지가 평생 쓸 수 있는 무제한 자유 이용권을 갖고 있다고 했다.

두정랜드가 처음 생겼을 때, 장사가 너무 안돼서 추첨 이벤트를 했대. 1등 상품이 두정랜드 무제한 자유 이용권이었는데 핑크퐁 할아버지가 당첨된 거야. 그날 이후로 맨날 온대. 와서 놀이기구 실컷 타고, 쓰레기통에서 음식 주워 먹고. 문 닫을 때 되면 나가고.

썩 믿어지지 않는 얘기였지만 한편으론 그럴듯하게 들리기도 했다. 그렇지 않고서야 거지 차림인 핑크퐁 할아버지가 5만 원이 넘는 자유 이용권을 매일 살 수 있을 리 없었으니까. 하긴 두정랜드는 거지가 살기에 좋은 환경이긴 했다. 파는 음식마다 끔찍하게 맛없는 탓에 쓰레기통을 뒤지면 한두 입만 먹고 버린 핫도그며 추로스가 잔뜩 있고 곳곳에 무료 급수대도 있으니. 아무튼 알려줘서 고맙다는 내 말에, 매표 팀 아이는 더 재미있는 이야기가 있는 듯 속삭였다.

그거 알아? 그 할아버지 젊었을 땐 무당이었대. 박수무당. 엄청 용해서 정치인들도 막 찾아오고 그랬다던데. 지금은 신발 떨어지고 정신 나가서 저러고 다니는 거래.

그러고는 정말 흥미롭지 않냐는 듯 눈을 빠르게 깜박였다. 나는 그냥 웃기만 하다가 대뜸 물었다.

근데 너 왠지 낯이 익은데, 혹시 고등학교 어디 나왔어?

나? 나 두정여고.

그럴 줄 알았어, 대신 그렇구나,라고 말하고 나는 자리에서 일어났다. 알 만한 일이었다.

나는 핑크퐁 할아버지가 크리갈 말고 다른 어트랙션을 타는 것은 본 적이 없었다. 쓰레기통을 뒤지거나 빈병에 물을 받거나 냉난방이 빵빵한 식당가 테이블에 엎드려 잘 때를 제외하면, 핑크퐁 할아버지는 항상 크리갈 탑승을 기다리는 줄에 서 있거나 이미 열차에 앉아 있었다. 크리갈 열차는 두 좌석이 붙어 있기 때문에 혼자 타는 손님은 보통 다른 사람과 함께 앉히는 게 일반적이었지만 핑크퐁 할아버지의 경우엔 연두도, 나도 그 옆자리에 아무도 앉히지 않았다. 누구도 거기 앉고 싶어 하지 않을 테니까.

생각하는 동안 크리갈의 줄은 착실히 줄어들어 이윽고 핑크퐁 할아버지의 차례가 되었다. 나는 열차 승강장을 따라 걸으며 탑승객들의 안전 바가 제대로 고정되었는지, 안전벨트를 매지 않은 사람은 없는지 확인했다. 핑크퐁 할아버지는 끝에서 세번째 열에 앉아 있었다. 그의 얼굴엔 다른 사람들과 마찬가지로 긴장과 기대가 가득했다. 수백수천 번째 타는 거면서. 나는 할아버지 쪽으로 몸을 숙여 벨트를 당겨보았다. 물론 잘 채워져 있었다. 부스로 돌아왔다.

짜릿한 모험의 세계에 오신 여러분을 환영합니다 사악한 괴물 크리갈이 쳐들어와 공주를 납치하려는 절체절명의 순간 여러분은 크리갈을 무찌르고 공주를 구할 수 있을까요 크리갈의 침공 지금 출발합니다

내 앞으로 행복한 표정을 한 핑크퐁 할아버지가 쇄액, 소리와 함께 지나갔다.

일주일에 하루 있는 휴무 날이면 나는 혼자 서울에 가곤 했다.

두정버스터미널에서 동서울종합터미널로 가는 버스는 한 시간에 한 대꼴로 있었다. 나는 늘 후드 집업에 통 넓은 청바지를 입고 맨얼굴로 버스를 탔다. 좌석에 깊숙이 기대앉자마자 에어팟 맥스를 끼고 백팩을 앞으로 끌어안은 채 눈을 감았다. 그러면 차창에 비치는 내 모습은 서울 통학에 지쳐 잠든 대학생처럼 보일 거였다.

서울 사람들도 서울을 다 같은 공간으로 인식하지 않는다는 걸 나는 알고 있었다. 그들의 마음속에서 서울은 어떤 특별한 장소, 자신이 '서울스럽다'고 느끼는 동네의 이미지로 대표되었고 따라서 그들은 제각기 다른 서울을 갖고 있었다. 서울은 누군가에겐 광화문과 청계천이었고, 또 다른 누군가에겐 압구정 로데오와 도산공원이었다. 성수동과 서울숲, 용산과 남산타워, 강남역과 코엑스, 인사동과 국립현대미술관.

 나의 경우에 서울은 곧 홍대였다. 연남, 서교, 합정, 망원, 상수…… 그리고 거기 넘치는 혼란스러운 젊음의 숨결. 동서울종합터미널은 지하철 2호선 강변역과 가까웠고, 강변역에서 30분 정도 지하철을 타면 홍대입구역까지 갈 수 있었다. 나는 홍대입구역 3번 출구로 빠져나와 경의선숲길로 접어들었다. 인공적이고 보잘것없는 잔디밭이 길 가운데에 있을 뿐 숲 비슷한 것도 없는데 왜 숲길이라고 불리는지는 알 수 없지만. 나는 음악을 들으며 한들한들 천천히 걸었다. 양옆으로 뻗은 골목마다 다 아는 가게들뿐이었다. 눈을 감고도 정확히 찾아갈 수 있었다. 그러니까 예를 들면 여기 카페꼼마 골목에서 조금 들어가면 푸하하크림빵이라는 빵집이 있는데 거긴 소금크림빵이 제일 맛있고 그 앞엔 서울에서 제일 진한 초콜릿 음료를 파는 17도씨라는 카페가 있으며 좀더 가면 아이시떼루 오뎅이라는 어묵 바가 있고 추운 겨울밤 거기서 스지조림에 오키나와 생맥주를 마시면 세상 부러울 게 없다는 것. 그런 것들을 나는 전부 경험했다.

 그러니까 누가 나한테 물어봐줘.

 그런 마음으로 나는 아주 느리게 걸었다. 길을 잃은

누군가가 길을 물어온다면. 맛있는 음식을 먹고 싶은 누군가가 좋은 식당을 물어온다면. 나는 당신을 도와줄 마음이 있다, 지식도 있고 시간도 있고 돈도 조금은 있다, 그런 자애로움이 깃든 표정으로 경의선숲길을 나붓나붓 걸었다. 물론 아무도 내게 말을 걸어오진 않았지만 그게 서운하진 않았다. 다들 자기가 가야 할 길은 잘 알고 있을 테니까. 타인의 충고나 도움 없이 스스로 알아서 잘하는 게 서울 스타일이니까.

내겐 두 가지 코스가 있었다. 하나는 이대로 쭉 걷다가 동교어린이공원쯤에서 왼쪽으로 꺾어 망원동 쪽으로 향하는 것. 여름이면 터틀힙에 들러 조각 케이크를 먹은 뒤 젤라떼리아 에따에서 젤라토를 한 컵 사와 홍대입구역으로 돌아올 수 있다. 또 하나는 홍대입구역 9번 출구로 나와 걷고싶은거리를 따라 언덕을 오른 후 홍익대학교를 구경하고 상상마당 쪽으로 가는 것이다. 첫번째 코스는 비교적 한산하고 두번째 코스는 사람이 바글바글하므로 그날의 기분에 맞춰 고르면 되었다. 어차피 마주치는 풍경들이며 사람들은 비슷했다. 두정에는 없는 가게, 애초에 위치를 선정할 때 두정은 생각조차 하지 않은 가게들과 거기에 가득 찬 두정에 와본 적 없는 사람들. 물론 그들은 두정이 대한민국 어디쯤에 붙어 있는지 알고 그중 몇은 두정랜드에 대해 들어본 적도 있을 테지만 아무래도 가봤거나 앞으로도 가볼 일은 없을 것이다. 두정에서 왔다고 하면 미국 일본 호주 뉴질랜드 독일 프랑스에서 왔다고 말하는 것보다 더 놀라는 사람들, 나는 그들 속에 섞여 거니는 것이 좋았다. 절대 곁을 내주지 않는 차가운 뜨내기들의 도시 서울에서 마찬가지로 뜨내기가 되는 일. 물 위에 뜬 기름처럼 반짝반짝 가볍게 미끄러지며 부유하는 일. 모두가 공평하게 내치고 내쳐진다면 그건 따돌림이 아니지, 아니고말고.

나는 아무 가게나 들어갔다 나왔다 하며 실컷 돌아다녔다. 가파른 계단을 한참 내려가야 하는 지하 빈티지 옷가게에서 외투를 한 벌 샀고 소품 숍에서 강아지 모양 키 링을 샀다. 요즘은 배낭에 인형이며 구슬이며 반짝이는 키 링을 주렁주렁 달고 다니는 것이 유행이니까. 마음에 쏙 드는 생김새는 아니었지만 어떤 여자애 둘이 그것을 만지작거리며 귀엽다 귀여워 하고 재잘거리기에 샀다. 둘 다 '서강대학교'라고 쓰인 점퍼를 입고 있었다.

다음 날, 나는 출근해서 만난 연두에게 그 키 링을 주었다. 어제 친구 만나러 홍대 나갔다가 네 생각 나서 샀어. 그 강아지, 눈이 동그랗고 입이 조그만 게 왠지 널 닮았길래. 연두는 말 그대로 방방 뛰며 기뻐했다. 그러고는 키 링을 양손으로 감싸고 강아지의 얼굴을 아주 오랫동안 들여다봤다. 자신과 비슷한 구석이 전혀 없는 강아지를. 근데 누구 만나러 간 건데? 연두가 키 링을 롱패딩 지퍼 고리에 달며 물었다. 나는 꼬물꼬물 움직이는 연두의 손가락을 바라보며 말했다. 아아, 대학 친구. 내가 휴학하는 바람에 혼자 다니게 됐다고 얼른 복학하라 난리야. 진짜 웃겨. 자기도 저번 학기에 나한테 말도 없이 휴학했으면서. 연두가 키 링을 쥐고 지퍼를 위아래로 움직였다. 그러자 지퍼가 아주 부드럽게 내려갔다 다시 올라왔다. 마치 원래부터 키 링과 함께 달려 있던 것처럼. 저번에 말한 그 친구? 쌍수 했다는 개? 연두가 물었고 나는 고개를 끄덕였다. 연두가 아는 내 대학 친구 세 명 중 연두가 가장 관심 있어 하는 애가 바로 그 애였다. 연두는 그 애에 대해 아주 많은 걸 알고 있었다. 나와 같은 국문과에 부모님은 둘 다 공무원, 주 3일 필라테스를 하고 취미는 방송 댄스와 다이어리 꾸미기. 지난 학기에 아무 이유 없이 충동적으로 휴학을 했고 그 사이 아빠를 졸라 강남에서 쌍꺼풀 수술을 받았는데 살짝 집기만 했는데도 대박이 난 아이. 그 아이의 이름을 연두는 알 테지만 나는 잊어버렸다. 언젠가 이름을 묻기에 말해주었던 건 기억나는데, 정확히 뭐라고 했는지가 기억이 안 나는 것이다. 예림 아니면 예린이라고 했었던 것 같은데.

    그러나 연두는 정작 내가 다니는 대학은 모른다. 여러

번 물어봤지만 확실히 대답해준 적은 없다. 우리 학교가 무슨 구에 있더라 마포구 아니면 서대문구일 텐데, 하고 뭉뚱그려두었을 뿐이다. 연두는 즉시 네이버 지도를 뒤졌다. 연세대 서강대 이화여대 명지대 명지전문대 경기대 추계예술대…… 와, 대학 진짜 많네 아무튼 이 중에 하나지? 맞지? 나는 눈썹을 두 번 들썩이며 의미심장한 표정을 짓는 것으로 대답을 대신했다. 이내 연두의 넋두리가 이어졌다. 아, 부럽다. 나도 공부 좀 열심히 할걸. 두정대라니 어디 가서 쪽팔려서 말도 못 하겠어. 왜 두정대 좋은데, 국립이라 등록금 존나 싸잖아. 사립대는 등록금이 너무 비싸. 덕분에 휴학하고 두정까지 내려와서 개같이 알바하잖아. 내 말에 연두는 씩 웃으며 내 어깨를 툭 쳤다. 겸양 떠는 척하지만 사실 자랑하고 싶은 거 다 안다는, 누가 서울 애 아니랄까 봐 깍쟁이 짓 한다는 뭐 그런 표정으로. 이윽고 연두가 부스 밖으로 나갔다. 고객들의 안전 바를 하나씩 눌러보며 열차 옆을 따라 걷다가, 끄트머리에 이르자 부스를 향해 손으로 오케이 사인을 보냈다.

짜릿한 모험의 세계에 오신 여러분을 환영합니다 사악한 괴물 크리갈이 쳐들어와 공주를 납치하려는 절체절명의 순간 여러분은 크리갈을 무찌르고 공주를 구할 수 있을까요 크리갈의 침공 지금 출발합니다

두정랜드　73

열차가 슬금슬금 움직이기 시작하다가 이내 빠르게 사라졌다. 부스 안으로 들어온 연두가 말했다.

열차에 핑크퐁 할아버지 있다. 봤어?

봤어.

연두가 고개를 숙여 롱 패딩에 달린 강아지 키 링을 만지작거렸다. 내내 갖고 싶던 선물을 받은 어린애처럼. 그러다 갑자기 힘주어 말했다.

나는 핑크퐁 할아버지처럼 사느니 그냥 죽을래.

마침 멀리서 들려오는 사람들의 비명 소리에 귀 기울이는 척하며 나는 표정을 감췄다. 하지만 잘 감춰졌는지는 알 수 없었다. 그건 지금까지 연두가 한 모든 말 중 가장 웃긴 말이었으니까. 아아 귀여운 연두, 멍청하고 불쌍하고 귀여운 연두. 두정에서 태어나 두정대에 다니고 두정대 남자와 씨씨를 하고 두정에서 유일하게 두정대 앞에 딱 하나 있는 롯데리아에서 데리버거 세트를 사 먹으며 맛있다 말하는 연두. 연두야, 나도 너처럼 사느니 그냥 죽을래. 너는 실패했지만 나는 아직 성공도 실패도 하지 않았어, 그치만 내 미래가 너라면 나는 그냥 이만 여기서 죽을래.

사실 나는 대학을 다니지 않았다. 열아홉 살에 처음이자 마지막으로 치른 수능 점수는 인서울은커녕 두정대조차 못 갈 수준이었는데, 서울에 있는 재수 학원에 다니게 자취를 시켜달라고 말해봤지만 소용없었다. 부모님은 내게 재수 비용을 대줄 생각이 없다고 못박았던 것이다. 결국엔 내가 돈을 버는 수밖에 없었다. 이미 어느 학원을 다닐지, 자취방은 어디에 구할지도 알아봐뒀다. 통장 예금이 목표액에 다다르면 미련 없이 두정을 떠날 것이다. 그리고 다시는 돌아오지 않을 것이다. 영원히, 영원히.

그러니 미래는 아직 오지 않음.

열차가 돌아왔다. 안전 바가 올라갔다. 내리는 사람들 사이에 핑크퐁 할아버지가 보였다. 연두가 핑크퐁 할아버지의 뒷모습을 안쓰러운 눈으로 좇았다.

오빠가 졸업하면 바로 결혼하재.

연두가 말했다.

우리는 두정숯불닭갈비에서 맥주를 마시며 닭갈비를 먹고 있었다. 두정은 닭갈비가 유명했으므로 이 거리만 해도 닭갈빗집이 서너 개 있었고 우리는 그중 관광객들이 가장 많이 찾는 두정숯불닭갈비를 자주 갔다. 6시 반에 두정랜드 정문에서 출발하는 셔틀버스를 타고서. 원래 우리는 두정회관에서 내려 조금 걸어가다 갈림길에서 헤어지곤 했지만 저녁을 먹으며 수다를 떨고 싶을 땐 종점인 두정버스터미널까지 가서 내렸다. 터미널 앞에는 우리가 시내라고 부르는 거리가 있었다. 아주 느린 걸음으로 걸어도 끝에서 끝까지 채 10분이 안 걸리는 거리인데, 밤 10시쯤 되면 그곳의 거의 모든 가게가 문을 닫았다.

할 거야 넌?

글쎄. 생각 안 해봤는데.

연두의 남친이라면 본 적이 있었다. 동네 이용원에서 5천 원 주고 자른 듯한 머리에 멋없는 뿔테 안경을 쓴 남자. 그는 우리보다 네 살이 많았고 두정대 앞에서 자취를 하고 있었다. 연두는 그 집에서 자주 잤다. 아예 거기서 바로 출근하는 날도 많았다. 남친이 변기에 오줌을 흘린다느니, 코를 너무 시끄럽게 곤다느니 하면서 유부녀들이나 할 법한 불평을 늘어놓기도 했다.

결혼한 친구들이 그러는데 일찍 하는 것도 나쁘지 않대.

연두가 닭갈비를 얇은 쌈무에 말아 입으로 가져가며 덧붙였다. 나는 혹시 누가 연두의 말을 들었을까 봐 주변을 슬쩍 둘러보았다. 바로 옆 테이블에 우리 또래로 보이는 남녀 둘이 닭갈비를 먹고 있었다. 척 보기에도 관광객이었다.

애기도 일찍 낳을수록 좋대. 키울 때는 힘든데 다 키우고 나면 그렇게 편하다면서.

내 속도 모르는 연두는 자꾸 멍청한 소리를 지껄여댔다. 나는 다시 한번 옆 테이블 커플의 기색을 살폈다. 혹시 저들이 나와 연두 모르게 의미심장한 눈빛을 주고받은 건 아닐까? 말로만 들었는데 지방 애들은 진짜 저렇구나 혹은 저런 애들 때문에 여성 인권에 발전이 없는 거지…… 같은 생각을 하진 않을까? 그러나 그들은 그저 묵묵히 맥주를 마셔가며 닭갈비를 먹고 있을 뿐이었다.

남친 다음 학기 마치면 졸업이라지 않았어? 졸업하고 뭐 한다는데?

연두는 대답 대신 어깨를 으쓱했다. 그런 건 아무래도 상관없다는 듯이. 나도 더 묻는 대신 직원을 손짓해 불렀다. 여기 밥 두 개 볶아주시고 테라 한 병 더 주세요. 연두가 컵에 남은 맥주를 마저 마셨다. 그러고는 빈 컵의 바닥을 빤히 들여다보다가 갑자기 말했다.

아까 있잖아. 핑크퐁 할아버지가 나한테 말 걸었다.

연두가 먼저 핑크퐁 할아버지 얘기를 꺼내서 나는 좀 놀랐다. 그 나이를 먹고도 아무런 인생 계획이 없는 연두의 남친을 생각하다 나도 핑크퐁 할아버지를 떠올리고 있었으니까. 그래도 연두 남친은 혼자서 롤러코스터를 탈 일은 없겠지, 연두가 옆자리에 앉아줄 테니.

아까 언제?

너 화장실 갔을 때. 쳐다보길래 그냥 꾸벅 인사했더니 갑자기 대뜸 몇 살이냐는 거야. 스물셋이라고 했더니 너무 좋을 때라면서 존나 변태같이 웃는데 이빨이 하나도 없더라. 그러더니 자기가 젊었을 때 서울에서 점집을 크게 했대. 국회의원이며 연예인들이 자기한테 점 한번 보려고 몇 달을 기다렸다나.

나는 뭐라고 대답하려다 말고 입을 다물었다. 왠지 그 이야기가 사실일지도 모른다는 생각이 들었고, 그러자 갑자기 덜컥 무서워졌기 때문이었다. 핑크퐁 할아버지에게도 뭔가가 될 수 있던 시절이 분명 있긴 있었을 것이다. 그런데 그 시절은 언제, 어떻게 끝났을까. 그 끝남을 어떻게 눈치챌 수 있을까. 끝은 분명히 있는데 그 시기와 형태는 알 수 없고 한번 끝나고 나면 정말로 돌이킬 수 없다니, 그리고 그 모든 게 단 한 번뿐이라니.

왜 그래?

연두가 물었다. 나는 말없이 앞접시에 놓인 닭갈빗살을 젓가락으로 헤집었다. 이런 이야기를 연두가 이해할 수 있을 리가 없었다. 앞치마를 두른 직원이 밥을 담은 대접과 맥주병을 가져왔다. 그러고는 철판 위에 밥을 붓고 나무 주걱으로 섞기 시작했다. 수백수천 번은 해본 솜씨였다. 나와 연두는 말없이 밥을 볶는 직원의 손만 바라보았다.

나 다음 학기에 복학하려고.

불쑥 말하자 연두가 눈을 동그랗게 떴다.

엥? 진짜? 벌써 2월인데 복학이 돼?

추가 신청 이번 주까지 받는댔어.

아…… 그럼 두정랜드 그만둬?

응. 생각해보니 그게 나을 거 같아. 애들은 다 방학 때 자격증 따고 영어 공부 하는데 나만 두정 와서 알바하니까 마음이 좀 그래. 뒤처지는 거 같고.

담 학기 등록금 아직 다 못 모았잖아? 학자금 대출은 받기 싫다며.

뭐, 과외라도 다시 해야지. 사실 여기 알바보다 서울에서 중고딩 과외 하는 게 돈은 더 잘 벌리긴 해. 애들하고 학부모 상대하는 게 힘들어서 그렇지.

직원이 철판 위의 볶음밥을 하트 모양으로 다듬었다. 틀로 찍어낸 것 같은 매끄러운 하트였다. 연두가 감탄하며 사진을 찍어대자 옆 테이블 여자가 우리 철판을 슬쩍 넘겨다봤다. 우리도 볶음밥 시킬까? 배부른데. 야, 이따 올라가는 길에 휴게소 들르자 하지 말고 지금 배 터지게 먹고 가. 옥신각신하던 그들이 손을 들어 볶음밥 두 개를 주문했다. 다른 생각에 잠겨 있는 와중에도 나는 그들이 "올라간다"라고 말한 것을 귀담아들었다. 역시 서울 사람들이 맞구나. 오직 서울 사람들만이 그렇게 말하니까. 어디에 있든지 그들은 돌아갈 때 올라가니까. 마치 지하에서 지상으로 가는 엘리베이터라도 타는 것처럼.

아무튼 아쉽다. 이제 겨우 친해졌는데.

사진을 실컷 찍은 연두가 하트 볶음밥 위에 숟가락을 푹 꽂았다. 하트가 힘없이 이지러졌다.

너 복학하면 한번 놀러 갈게. 구경시켜주라. 어쩌면 나도 나중에 그쪽 살게 될지도 모르거든.

무슨 말이야? 그쪽 산다니?

아, 말한 적 없나? 오빠네 부모님 이대 앞에 사시거든. 건물 하나 있어서 원룸 장사 한다는데, 요즘 거기 상권 다 죽었잖아. 공실이 워낙 안 나가서 그냥 우리 결혼하면 빈방 하나 줄 테니 들어가 살라고 하시더라고.

나는 입을 딱 벌리고 연두를 쳐다보았다. 연두의 얼굴에서, 눈빛에서, 움직임에서 거짓말의 기색을 알아차리려 애쓰면서. 그래 이건 거짓말이다. 내 전문 분야니까 알 수 있다. 순진한 바보인 줄만 알았더니 이런 장난도 하는구나. 하지만 연두는 착하니까 이제 곧 속았지 거짓말이야, 하고 웃음을 터뜨릴 것이다. 나는 그것을 기다렸다. 필요하다면 언제까지고 기다릴 수 있을 것 같았다. 연두가 그런 내 표정을 보고는 피식 웃었다.

야, 무슨 대단한 건물도 아냐. 로드 뷰로 봤는데 그냥

다 쓰러져가는 빨간 벽돌 빌라였어. 위치도 구리고.

연두가 새로 딴 맥주를 컵에 가득 부었다. 넘치는 거품을 호로록 마시고는 컵을 들어 올려 꿀꺽꿀꺽 들이켰다. 나는 멍하니 그 모습을 바라보고만 있었다. 귀에서 볼까지 천천히 뜨거워지며 부어오르는 듯한 느낌이 들었다.

그래서…… 그래서 그 남자 만나는구나.

응? 야, 무슨 말이야 그게?

연두의 미간이 일그러졌다. 하지만 한번 뱉기 시작한 말은 멈춰지지가 않았다. 나는 주문에라도 걸린 듯 빠르게 나불거렸다.

아, 니 남친 솔직히 존나 못생겼고 미래도 없잖아. 왜 만나는 건지 궁금했었어. 근데 서울에 집 있으면 뭐 인정이지, 충분히 사귈 만하지. 결혼도 빨리 하고 애도 빨리 낳아서 꽉 붙드는 게 맞고. 야 좋겠다, 나는 왜 그런 남자 못 만나냐. 두정대라도 좋고 못생겨도 좋은데.

우리를 홀끔거리던 옆 테이블 커플이 이번에야말로 진짜 의미심장한 눈빛을 주고받았다. 그러나 내겐 그 의미가 무엇일지 생각해볼 겨를이 없었다. 나는 연두가 화를 낼 거라고 생각했다. 당연히 화가 날 만한 얘기인 데다 일부러 화를 돋우려고 한 말이기도 했으니까. 연두가 벌컥 화내며 반박하면 나는 더 비꼬고 조롱할 작정이었다. 그것만은 잘할 수 있을 것 같았다. 밑바닥까지 박박 긁다가 결국엔 말문을 딱 막히게 해서 울릴 자신이 있었다. 그러나 연두는 화가 났다기보단 뭔가를 곰곰이 생각하는 얼굴이 되더니 잠시 후 이렇게 말했다.

그런가. 그게 그렇게 좋은 건가.

나는 눈을 크게 떴다. 연두는 여전히 생각에 잠긴 채 숟가락으로 볶음밥을 뒤적였다. 하트 모양은 이제 완전히 사라지고 없었다.

서울 사는 거 좋지, 좋은데 그렇게까지 좋나. 두정도 괜찮지 않아? 서울 몇 번 가봤는데 사람 많고 복잡하기만 하던데. 난 서울에서 코딱지만 한 방에 갇혀 감옥살이하느니 같은 돈이면 그냥 두정에서 넓은 집 사는 게 좋아. 여기 터미널 뒤에도 신축 아파트 많잖아.

……니가 뭘 몰라서 그래.

연두는 그러냐고, 정말 내가 모르는 게 있다면 말해보라는 듯이 눈썹을 끌어올렸다. 그 얼굴을 보니 목에 뭔가 탁 걸린 것 같은 느낌이 들었다.

서울이 왜 좋냐고? 야 그걸 말이라고 하냐? 두정에 영화관 있어? 프랜차이즈는? 쇼핑몰은? 아니 변변한 옷가게라도 있길 해? 사람 사는 것처럼 살려면 두정에서는 못 산다고. 서울, 아니면 하다못해 인천이나 경기도쯤은 돼야 남들 하는 거 다 하고 살 수 있단 말이야.

꼭 그걸 하면서 살아야 되는 거야? 난 영화관도 안 좋아하고 옷 구경도 별론데.

정말 진심으로 이러는 걸까, 아니면 오히려 연두야말로 날 화나게 하려고 작정한 걸까. 어디서부터 지적해야 좋을지조차 알 수 없어 나는 입을 벌린 채 숨만 꺽꺽 들이쉬었다. 연두가 태평한 어조로 말했다.

사람들 전부가 같은 걸 하고 같은 걸 좋아하면서 살아야 된다고 정해져 있는 건 아니잖아. 넌 서울이 좋고 난 두정이 좋은가 보지, 뭐. 각자 하고 싶은 대로 살면 되는 거지. 안 그래?

어 안 그래, 하고 쏘아붙이고 싶었다. 연두의 얘기는 전부 엉터리였고 스물세 살이나 먹은 사람의 입에서 나왔다고는 믿을 수 없을 만큼 유치했다. 먹고살 만하다고 손바닥만 한 현실에 안주해버린 우물 안 개구리, 아니 개구리도 못 된 올챙이 주제에. 나는 이를 악물었다. 자기는 서울에 살 수 있으면서. 정말 원하지 않는데 남친 때문에 어쩔 수 없이 가는 척 고상을 떨며 공짜로 서울 사람이 될 수 있으면서. 그러나 한편으로 나는 연두가 그렇게 생각하지 않는다는 걸 알고 있었다. 연두는 나처럼 거짓말을 하는 애가 아니었으니까. 졌다. 완벽한 내 패배였다. 그런데 어떻게 그럴 수가 있을까. 어떻게 진심으로 그렇게 생각할 수가 있을까. 다른 사람도 아닌

두정랜드

연두가. 예쁘지도 똑똑하지도 않은 연두가.

이윽고 아주 천천히, 어떤 깨달음이 찾아왔다. 나는 그다지 특별한 사람이 아니라는 사실이었다. 나는 남다르게 뛰어나지 않았다. 내 미래는 빛나지 않을지도 몰랐다. 그런 행운이 꼭 내게 찾아올 이유는 없었다.

내 표정을 살피던 연두가 말했다.

아무튼 너 복학하면 꼭 나 초대해라. 알았지?

나는 고개만 겨우 끄덕였다. 연두가 골치 아픈 얘기는 이제 그만하자는 듯 히히 웃으며 빈 컵에 맥주를 따랐다. 볶음밥을 다 먹은 옆 테이블 커플이 주섬주섬 외투를 입으며 일어섰다. 남자가 휴대폰을 들여다보고 말했다. 야아 지금 출발해도 네 시간 걸리네. 나는 계산을 마치고 가게를 나서는 그들의 뒷모습을 멀거니 바라보았다. 여자의 가방에 두정랜드 로고를 끌어안은 토끼 인형이 걸려 있었다.

다음 날, 출근하자마자 매니저를 찾아가 그만두겠다고 말했다. 연두가 옆에서 대신 변명을 했다. 얘 복학해서 서울 가야 된대요. 시큰둥한 얼굴의 매니저는 아무것도 묻지 않았다. 알바생쯤은 언제라도 다시 구하면 그만이라는 듯한 태도였다. 내일모레인 일요일까지만 근무하기로 정하고 돌아 나왔다. 연두가 쫄랑쫄랑 따라왔다.

에휴, 진짜 가는구나. 너 없으면 나 무슨 재미로 일하나.

곧 다른 애 올 건데 뭐.

그래도. 걔는 니가 아니잖아.

입을 비죽 내민 연두가 투덜거렸다. 이 애는 어떻게 이런 말을 아무렇지 않게 할 수가 있을까. 그러나 동시에, 나는 다음 주 월요일부터 일하게 될 새 알바생과 연두가 금세 친해질 거라는 사실도 알고 있었다. 나와 연두가 그랬던 것처럼.

우리는 한산한 두정랜드를 가로질러 다시 크리갈의 침공으로 돌아왔다. 오전 10시였다. 크리갈은 시범 운행 중이었다. 빈 열차가 서너 번 왔다 갔다 하는 것을 사람들 열댓 명이 고개를 꺾어 쳐다보고 있었다. 두정랜드 롱 패딩을 입은 우리가 부스로 들어가는 것을 본 그들이 달려와 줄을 서기 시작했다. 그 사이에 핑크퐁 할아버지도 있었다.

야, 내일모레까진 그냥 쉬어. 내가 다 할게.

부스 안 의자에 가방을 놓아둔 연두가 밖으로 나갔다. 별로 일하기 싫은 기분은 아니었지만 나는 사양하지 않았다. 이윽고 떠났던 빈 열차가 돌아와 멈춰 섰다. 연두가 쇠사슬로 막아두었던 입구를 열자 사람들이 우르르 들어와 열차에 앉았다. 이윽고 안전 바를 모두 확인한 연두가 내 쪽을 돌아보았다. 나는 무심코 마이크를 켜려고 했다. 그때 연두가 고개를 저으며 손짓했다.

야, 너도 타! 나와!

거절할 틈도 없었다. 부스로 뛰어들어온 연두가 내 머리에서 무선 마이크를 벗겨냈다. 그러고는 양어깨를 잡아끌어 열차 쪽으로 데려갔다. 열차 중간쯤에 핑크퐁 할아버지가 실실 웃는 얼굴로 나를 올려다보고 있었다. 열차는 만석이었지만 할아버지의 옆자리는 늘 그랬듯 비어 있었다. 그러니까 저기가 내가 앉게 될 자리였다. 나는 뒷걸음질쳤다. 단순히 거지 할아버지 옆에 앉기 싫어서가 아니었다. 콕 집어 설명할 순 없지만 왠지 그러면 안 될 것 같았다. 그건 정말로 재수 없고 부정한 일처럼 느껴졌다. 그러나 연두는 막무가내였다.

너 크리갈 한 번도 안 타봤다며? 그만두기 전까지 실컷 타고 가. 나중엔 돈 내고 줄 서서 타야 되잖아.

나는 망설이며 주변을 둘러보았다. 이미 열차에 탄 사람들은 물론, 대기 줄에 서 있는 사람들도 우리를 짜증스러운 얼굴로 보고 있었다. 열차 뒤쪽에서 누군가 외쳤다. 아이 씨, 탈 거면 타고 아님 말든가. 그 외침에 떠밀리듯 나는 열차에 앉았다. 안전벨트를 채우고 안전 바를 내려 고정했다. 연두가 엄지를 치켜들며 웃었다.

아가씨, 무서워서 그래?

핑크퐁 할아버지가 내 얼굴을 빤히 들여다봤다. 가까이 앉은 할아버지의 몸에선 겨울인데도 묵은 땀냄새가 났다. 나는 고개를 저었다. 이 모든 것이 어쩌면 일종의 징조나 예언일지도 모른다는 생각을 떨쳐내려 애쓰면서.

짜릿한 모험의 세계에 오신 여러분을 환영합니다 사악한 괴물 크리갈이 쳐들어와 공주를 납치하려는 절체절명의 순간 여러분은 크리갈을 무찌르고 공주를 구할 수 있을까요 크리갈의 침공 지금 출발합니다

연두의 목소리가 들리고 열차가 천천히 앞으로 나아가기 시작했다. 부스 창문 너머로 빙글빙글 웃고 있는 연두의 얼굴이 지나갔다. 나는 안전 바를 꽉 쥐었다. 심장이 미친듯이 뛰었다. 지금까지 열차가 출발하는 것을 몇 개월간 거의 매일같이 봐왔지만 타보고 싶다고 생각한 적은 한 번도 없었다. 게다가 이렇게 갑작스럽게라니. 그러나 이제 와 내릴 수도 없었다. 평평한 선로를 느릿느릿 지난 열차가 서서히 속도를 올리는 것이 느껴졌다.

무서워? 무서울 거 없어. 그냥 눈을 딱 뜨고 앞을 봐봐.

옆에서 핑크퐁 할아버지의 목소리가 들려왔다. 즐거워 못 견디겠다는 듯한 말투였다.

눈을 뜨라니까. 앞을 보라고. 그래야 재밌어.

재촉에 못 이겨 나는 꽉 감고 있던 눈을 살그머니 떴다. 그 순간 열차가 갑자기 빠른 속도로 달리기 시작했고, 눈 깜짝할 사이에 꽈배기처럼 꼬인 선로를 미끄러지듯 통과하며 서너 번 뒤집어졌다. 내 입에서 나도 모르게 비명이 저절로 터져나왔다. 차가운 바람에 머리카락이 사정없이 날리며 얼굴을 때려댔다. 이윽고 정신을 차렸을 때는 열차가 가파른 선로를 아주 천천히 올라가는 중이었다. 타본 적은 없지만 알 수 있었다. 이제 곧 70미터 아래로 떨어지게 될 거라는 사실 정도는.

아휴, 난 여기가 제일 좋더라. 아주 짜릿짜릿한 게 최고야.

핑크퐁 할아버지가 즐거워죽겠다는 듯 외쳤다. 경사 때문에 꼭 누운 것 같은 자세가 되어 나는 아래쪽을 내려다보았다. 사람이며 나무며 모든 것이 엄청나게 작게 보였다. 까마득히 높구나. 여기서 떨어진다니 생각만 해도 끔찍했다. 멈출 수 있다면, 당장 지상으로 돌아갈 수만 있다면 뭐든지 할 수 있을 것 같았다. 그러나 열차는 느리지만 착실하게 가파른 선로를 올라가고 있었다. 귀 옆에서 끼기긱 하는 위협적인 소리가 났다. 진짜 선로에서 나는 소리가 아니라 일부러 틀어놓은 가짜 효과음이라는 걸 알면서도 무서웠다. 나는 눈을 질끈 감고 안전 바를 죽어라 움켜쥐었다. 열차가 가장 높은 지점에 도착해 잠깐 멈추자, 핑크퐁 할아버지가 내 쪽으로 몸을 기울이고 내 얼굴을 쳐다보더니 낄낄 웃었다.

안 죽어. 안전 바가 있잖어. 안 죽을 거 알면 그냥 재밌는 거지. 몇 번이고 떨어져도 안 죽는다고.

그러니 얼마나 재미있어?

무슨 말인가 하려고 고개를 돌린 순간, 정작 입 밖으로 나온 것은 길고 찢어지는 비명이었다. 열차가 예고도 없이 아래로 내리꽂히기 시작한 거였다. 나는 비명을 지르고 또 질렀다. 뱃속에서 뭔가 튀어나올 것 같은 느낌이 들었다. 실제로는 아무것도 나오지 않았지만, 나는 계속 악을 썼다. 조금만, 조금만 더 소리 지르면 정말로 뭔가 나올 것 같았다. 미끈하고 끔찍한, 다시는 원래의 자리로 되돌려놓을 수 없는 무언가……

다음 순간, 지면에 다다른 열차가 미끄러지듯 나아가다 멈춰 섰다.

모험은 즐거우셨나요 안전 바 올라갑니다 왼쪽으로 천천히 하차해주십시오

안전 바가 올라갔다. 정신을 차린 사람들이 하나둘씩 내리기 시작했다.

거봐, 안 죽었지? 재미있지?

핑크퐁 할아버지가 허공에 대고 히죽거렸다. 일어나

려 했지만 사지가 탁 풀려 힘이 들어가지 않았다. 일어나야 해, 자리를 비워줘야 해, 다음 사람이 와서 앉을 수 있도록. 하지만 다리가 말을 듣지 않았다. 그때 핑크퐁 할아버지가 갑자기 내 어깨를 잡았다. 나는 소스라치게 놀랐고, 그와 동시에 열차에 남아 있는 사람은 이제 나와 할아버지 둘뿐이라는 사실을 깨달았다. 나와 눈이 마주치자 할아버지는 입을 크게 벌리고 소리 없이 웃었다. 연두의 말대로 그 입안에는 치아가 하나도 없었다. 마치 검은 구멍을 들여다보는 것 같았다. 그 구멍이 이상한 모양으로 조여들며 말했다.

있잖아 아가씨, 내가 점 봐줄까? 방금 갑자기 아가씨 미래가 보였거든.

나는 갑자기 의자에서 칼이라도 튀어나온 듯 크게 움찔했다. 정말로 듣고 싶지 않았다. 아무것도 필요 없었다. 지금 내게 필요한 건 그냥 일어나는 것, 그래서 이 미친 동네를 떠나버리는 것뿐이었다. 그래 얼른 일어나, 떠나서 다신 돌아오지 않는 거야.

목 안쪽이 찢어진 듯 따끔거렸다. 어쩐지 익숙한 감각이었다. 꼭 평생 동안 비명을 지르고 살아온 것처럼. 나는 목을 문지르며 고개를 들었다. 루돌프 머리띠를 쓴 연두가 활짝 웃으며 이쪽으로 걸어오고 있었다.

인터뷰

이유리
×
소유정

소유정 안녕하세요, 작가님. 〈소설 보다〉 지면으로는 처음 인사드려요. 이유리 작가님을 소개하게 되어 기쁩니다. 최근 어떤 날들을 보내고 계신지 근황과 함께 『소설 보다: 가을 2025』 독자분들에게 인사 부탁드릴게요.

이유리 안녕하세요! 반갑습니다. 매 계절마다 즐겁게 챙겨 보고 있던 책에 제 작품이 실리게 되어 기뻐요. 최근 근황이라면…… 열흘 정도 몽골에 여행을 다녀왔어요. 홉스골 호숫가에 있는 캠프에 내내 묵었는데 정말 평화롭고 좋았답니다. 또 며칠 전부터는 올해 태어난 조카에게 담요를 만들어 주려고 코바늘로 모티브를 뜨기 시작했어요. 모티브 서른여섯 개가 필요한데 이제 다섯 개 만들었네요. 이 책이 출간될 무렵에는 다 만들 수 있겠죠?

소유정 저 역시 모티브 만들기의 고통을 모르지 않기에…… 진심으로 응원합니다. 이제 소설 이야기를 해볼까요? 「두정랜드」는 지방 소도시인 '두정'을 배경으로 하고 있어요. 두정에 살고 있지만 서울로의 입사를 욕망하는 주인공 '나'에 의해 그리고 두정을 방문한 이들에 의해 서울과 서울이 아닌 곳이라는 이분화가 극명하게 나타납니다. 이러한 흐름에서 우리가 미처 의식하지 못하고 쓰는 수도권 중심적인 표현 같은 것이 눈에 띄는데요. 가령 '올라간다'는 말이나, 잠실과 같은 동네 이름을 위치 설명 없이 모두 알 거라 여기는 장면이 그렇지요. 이는 문화적 또는 지리적으로 수도권을 중심에 두고 표준으로 삼고 있음을 드러내고, 위계를 내면화한 결과라고 볼 수 있을 것 같아요. 두정을 벗어날 생각이 없는 친구를 깔보는 '나'의 태도나 두정을 찾은 서울 사람들의 대화처럼 소설에 드러난 부분 외에도 작가님은 어디서 이러한 차별 의식을 느끼셨을까요?

이유리 많은 경험이 있지만, 대표적으로 미디어에서 어떤 지역의 넓이를 설명할 때 '여의도 면적의 몇 배'라는 표현을 자주 쓰는 것이 어렸을 때부터 정말 이상하다고 생각했어요. 여의도의 면적은 모두가 당연히 알고 있을 것으로 짐작하는 상식인 건가 싶었거든요. 또 자연재해를 보도하는 뉴스의 횟수와 그것이 전하는 심각성 자체도 크게 다르죠. 예를 들어 같은 홍수가 나더라도 지방 소도시의 홍수와 서울의 홍수는 다르게 받아들여집니다.

조금 다른 이야기지만, 최근에는 서울에서도 집값에 따라 '상급지'와 '하급지'가 나뉜다는 걸 알고 좀 놀라기도 했어요. 거기에 대해 설명하는 한 부동산 유튜버의 영상을 봤는데 섬네일에 '서울이라고 다 같은 서울이 아니다'라고 씌어져 있더라고요. 정말 많은 생각이 들더군요. 그리고 그 영상을 다 보고 나니, 수도권과 비수도권의 위계와 차별 의식은 사실 대한민국 모든 국민의 마음속에 다양한 크기와 형태로 어떻게든 존재할 수밖에 없는 것 같다는 생각도 들었어요. 수도권과 비수도권의 격차는 주로 땅값과 집값에서 확연하게 드러날 텐데, 부동산이란 그걸 소유한 대부분의 사람들에게는 평생 일군 재산의 전부이자 유일한 노후 대책이기도 하니까요. 단순히 '차별은 나쁘다'라고 쉬운 정의를 내리고 끝내기엔 참 복잡한 문제인 듯합니다.

소유정 소설은 제목과 같이 '두정랜드'라는 놀이공원을 구체적 배경으로 삼고 있어요. 관광지인 만큼 불특정 다수의 사람들이 모이는 곳이면서 '나'에게는 서울 사람과 두정 사람이라는 식별을 할 수 있는 공간이기도 한데요. 놀이공원을 공간적 배경으로 삼은 까닭이 무엇일지 궁금합니다. 서울로 이주할 돈을 마련하기 위해 시작한 아르바이트이지만, 주인공이 두정랜드를 일터로 삼은 이유와도 연관이 있을지요?

이유리 이미 눈치채신 독자님들도 많이 계시겠지만, 두정랜드는 경주 보문에 있는 경주월드를 모티브로 삼아 만들어진 장소입니다. 소설의 화자와 연두가 담당하고 있는 어트랙션인 '크리갈의 침공' 역시 경주월드의 가장 유명한 롤러코스터인 '드라켄'을 모티브로 하고 있죠(덧붙이자면 '크리갈'은 제가 정말정말 사랑하는 판타지 소설인 〈룬의 아이들〉 시리즈에 등장하는 괴물의 이름입니다). 작년 크리스마스에 김홍 소설가와 함께 경주월드에 갔는데 저는 멀미가 심해 드라켄을 타지 못하고(절대 무서워서 못 탄 거 아닙니다……) 밑에서 레일을 올려다보며 홍이 탄 열차가 지나가기를 기다리고 있었거든요. 그때 문득 롤러코스터란 가짜 죽음, 의도된 임사 체험에 가깝지 않나 생각했어요. 안전벨트와 안전 바 없이 저기서 떨어지는 일은 누구도 원치 않을 텐데, 단지 죽지 않으리라고 확신한다는 사실만으로 죽음의 공포가 극도의 희열로 바뀐다는 것이 재미있고 흥미롭게 느껴졌고요. 그런 생각을 하다 놀이공원이라는 배경과 '핑크퐁 할아버지'라는 인물이 떠올랐어요. 죽지 않을 것을 알기에 마음껏 죽음-시도를 즐기는 초월자. 이 이야기는 그렇게 시작됐습니다.

더불어, 지방 도시의 관광지라는 장소가 가진 특성 자체도 굉장히 상징적이라는 생각이 들었어요. 저는 원래 관광에 그렇게까지 흥미를 갖는 타입이 아닌 파워 집순이이긴 합니다만, 경주월드에 다녀오고 불국사와 석굴암 등을 보고 나니 '아, 이제 경주 다 봤다'라는 생각이 들더라고요. 그런데 제가 정말 경주를 다 본 걸까요? 반대로 지방에 사는 사람이 서울에 와서 홍대, 망원, 상수 쪽만 돌아다녔다면 '서울 다 봤다'는 생각이 들진 않았을 것 같았거든요(소설의 화자가 그쪽 일대를 그토록 속속들이 알고 있으면서도 자신이 서울을 다 안다고 감히 생각하지 않는 것처럼요). 이 감각의 차이는 뭘까? 그냥 단순히 인프라 수준의 차이일까? 돌아오는 길에 이런 고민들을 했고 그것 역시 소설 속 장면들로 만들어지게 되었습니다.

소유정 놀이공원 이용객의 겉모습만 보고 서울 혹은 두정이라 분류하듯, '나'는 자신 역시 같은 방식으로 서울 사람처럼 보이도록 행동합니다. 예를 들어 "서울 애 아니랄까 봐 싸가지 없는 것 봐"와 같은 말이 듣고 싶어 일부러 버릇없는 행동을 하고, 피곤한 대학생을 흉내내며 주말마다 서울로 외출을 가곤 하지요. 아주 잠깐이나마 누려보는 서울은 주인공에게 있어 미래의 체험판과 같은 것일 텐데요. 동선을 줄줄 외울 정도로 익숙하게 그러나 자신의 것은 아닌 서울을 떠도는 '나'를 통해 무엇을 보여주고 싶으셨는지 궁금합니다.

이유리 화자인 '나'는 주말마다 서울 체험을 즐기며 언젠가는 이것들이 진짜 자신의 것이 되리라 믿는 인물입니다. 그러나 엄밀히 말해 화자가 소비하고 있는 것은 서울 그 자체가 아닌 화자 스스로가 만들어낸 서울의 이미지입니다. 화자를 포함한 많은 사람들은 누구도 서울을 진정으로 '소유할' 수는 없다는 사실을 자주 망각합니다. 왜냐면 여기서 말하는 서울이라는 것은 단순히 땅 그 자체뿐만이 아니라 그 땅 위에 걸쳐진 어떤 오라까지 포함된 것이고, 그 오라는 서울이 '지금은 가질 수 없지만 끊임없이 노력하면 언젠가 가져볼 수도 있을 것 같은' 대상으로 선망받음으로써 생성되는 것이기 때문이죠.

그리고 화자 역시 어렴풋이 이 사실을 깨닫고 있기도 합니다. 서울에 속하고 싶지만 동시에 서울에 속한 모두가 뜨내기이고, 그러므로 자신이 되고 싶은 것도 결국 그 뜨내기 중 하나라는 것을 잘 안다는 점에서 그렇습니다.

소유정 '나'가 비로소 자신의 현실을 직면하게 된 건 연두와의 설전 이후 닭갈빗집 옆 테이블 커플 여자의 가방에 달린 키 링을 보았을 때가 아닐까 싶어요. 두정랜드 로고가 붙은 키 링 인형은 '나'가 홍대에 갔을 때 샀던 강아지 키 링을 떠올리게 하는데요. 그들이 기념품으로 그곳에 방문했음을 인증하고 추억하듯 '나' 역시 같은 방식으로 서울을 즐기고 있었다는 걸 깨닫게 하는 장면이었어요. 이건 그녀가 바라는 서울살이와는 다른 것이니까요. 특히나 두정 토박이로 우물 안 개구리라고 생각했던 연두가 자신과는 달리 안정적으로 서울에 정착할 수 있을지도 모른다는 사실을 알게 된 다음이라 더욱 그러지 않았나 싶고요. 연두에 대한 무시와 멸시가 실망과 충격 어쩌면 일종의 배신감 등 복합적인 감정으로 변모하던 때의 '나'의 마음이 어땠을지 조금 더 풀어주셨으면 좋겠어요.

이유리 말씀해주셨듯이, 두정에 내려와 두정랜드만을 즐기고 돌아가는 서울 사람들과 서울에서 자기가 원하는 이미지만을 쏙쏙 빼서 즐기고 돌아가는 화자는 닮아 있기도 합니다. 다만 둘의 큰 차이점이라면 서울 사람들은 두정랜드를 방문함으로서 두정의 모든 것을 체험했다고 여기고 홀가분히 서울로 돌아가지만, 화자는 서울을 속속들이 돌아다녀도 아쉬워하며 서울 그 자체를 가지려고 하지요.

연두는 화자가 갈망하는 바로 그것을 너무나 쉽게 가졌지만 그게 특별히 좋은 거라고 생각하지 않죠. 화자가 진짜 화가 났던, 그리고 연두에게 졌다고 생각하게 되었던 이유는 거기 있다고 생각해요. 서울이 얼마나 좋은데! 하고 연두에게 서울의 장점을 설득시키려 하면 할수록, 바로 그 서울을 거저 얻은 연두와 아무리 노력해도 얻지 못할 가능성이 큰 자신의 차이가 벌어지기만 할 뿐이니까요.

아마 시간이 좀 지난 뒤, 화자는 서울에서 살게 될 연두의 삶을 상상해보게 되겠죠. 그러곤 장소만 바뀌었을 뿐 연두의 삶은 이전처럼 똑같이 사소하고 별거 없으리라 생각할 거예요. 그런 게 내가 원했던 바로 그 서울살이는 아니라고 생각하며 자위하지 않을까요. 하지만 그래서 내가 원하는 모습이 대체 뭐냐고 자문하면 대답할 말이 없어질 겁니다. 화자가 기대하는 자신의 미래가 바로 그렇듯, 화자가 바라는 서울에서의 생활 역시 전혀 구체적이지 않고 두루뭉술하며 다만 좋아 보이는 것들만을 덕지덕지 갖다 붙인 모양새이니까요.

    이렇게 말하니 굉장히 못된 사람처럼 느껴지네요…… 하지만 한편으로 저는 화자의 마음을 깊이 이해하기도 합니다. 소설에도 썼듯 미래가 한 번뿐이라는 것, 뭔가 될 수도 있었던 기회들이 왔던 줄도 모르게 사라진다는 것은 정말 두려운 일이에요. 나이를 한 살 한 살 먹을수록 더 구체적으로 두려워지네요.

소유정   연두와의 대화에서 '나'는 두정에 미래가 없다고 주장하며 근거로 영화관이나 프랜차이즈, 쇼핑몰 등의 인프라 부족을 예로 들어요. 다양한 인프라가 더 나은 미래를 그릴 수 있는 토대로 작용하는 건 분명하고, 그것이 인물들과 같은 이십대 초반의 청년 세대라면 더욱이 그렇게 느껴질 테지만, 연두와 같은 생각을 하는 사람도 있을 거잖아요. 그게 꼭 필요한가? 남들이 하는 문화생활을 내가 다 누리고 살아야 하나? 이 정도로도 괜찮지 않나? 하는 생각이요. 이 부분이

「두정랜드」를 쓰게 된 작가님의 문제의식과도 맞닿아 있을 것 같은데요. 어떠신가요?

이유리 물론 연두 같은 사람도 존재할 수 있겠죠. 붐비거나 복잡한 곳은 싫고, 최신 유행이나 콘텐츠에 큰 관심이 없는 사람. 변화를 꾀하기보단 주어진 것에 만족하고 흘러가는 대로 지내는 삶을 추구하는 사람. 그런 사람이라면 서울과 지방의 인프라 차이에 별로 민감하지 않을 수도 있겠습니다. 그런데 화자가 연두의 말을 '너는 그렇구나' 하고 받아들이지 못하고 버럭 화를 낸 이유는, 화자 역시 서울의 인프라(화자가 홍대에서 즐기는 것들로 대표되는)를 진심으로 좋아하고 있는 건 아니었기 때문이라고 생각해요. 단지 그것을 즐길 줄 알아야만 서울 사람이라고 생각하고 그러고자 애쓸 뿐이었죠. 연두의 말은 그 행위를 전면으로 부정하는 말이었고요.

다만 저는 이 소설을 쓰면서 연두의 저 대사가 곧 이 소설이 전하고자 하는 메시지처럼 받아들여지지 않았으면 하고 바랐어요. '괜히 욕심부리지 말고 자기 사는 곳에 만족하고 살자,

서울이 다 좋은 건 아니다' 같은 말로 읽히길 원치 않았습니다. 수도권과 비수도권의 인프라 차이, 그리고 그로 인해 발생하는 문화 격차는 분명히 존재합니다. 정부 차원에서 해결해야 할 사회문제라고 생각하고요. 그걸 교훈적이고 듣기 좋은 말로 포장하는 것은 아무런 도움이 되지 않지요.

소유정 주인공에 대해서도 문득 이런 생각이 들었어요. '나'는 아직 서울에서의 생활을 시작하지 않았기 때문에 미래가 오지 않았다고 믿고 있는데요. 부모의 지원을 받을 수 없는 상황에서 돈 때문에 자꾸만 미래를 유예하는 듯 보이지만 그의 발목을 잡는 것이 정말 금전적인 문제인 건지도 의문이 들어요. 사실은 단순히 돈이 문제가 아니라 당장에 서울로 갈 수 없는 상황 그 자체가 좋은 구실이 되는 것처럼 보이거든요. 저는 '나'에게 서울은 '크리갈의 침공'과 같은 것이었을지도 모른다는 생각이 들었는데요. 놀이 기구를 탑승하기 전에는 약간의 두려움이 앞서지만 이내 재미와 스릴로 바뀌잖아요. 그리고 일정 시간이 지나면 안전하게 다시 돌아오지요. 언제나 성공적일 수밖에 없는 모험일 텐데, '나'에게 서울 외출이 바로 그런 것이지 않았을까 싶어요. 그런데 모험이 더는 모험으로 남지 않는다면 그때는 진짜 공포가 찾아올 것 같아요. 그렇기 때문에 '나'는 서울에서의 다른 삶을 꿈꾸기도 하지만 마음 한구석에서는 내내 그것을 무서워하고 있다고 생각했어요. 이에 대한 작가님의 의견을 듣고 싶어요.

이유리 맞아요. 앞서 제가 이 소설의 단초를 얻었던 경주월드에서의 경험에서도 이야기했듯이, 안전바 덕분에 죽지 않고 그저 임사 체험을 즐길 수 있는 '크리갈의 침공'은 화자의 서울 나들이와도 같고, 나아가 아직 오지 않은 미래를 영원히 유보하고 있는 화자의 삶 그 자체와도 같아요. 도전에 실패하느니 도전자의 상태로 영영 남고 싶은 심리, 세이프 존에 머무르며 가짜 위험만을 내키는 대로 즐기는 거죠. 롤러코스터는 출발할 때마다 괴물을 무찌르고 공주를 구하러 간다는 거창한 목적을 이야기하지만 사실 그게 허구라는 건 모두 아는 사실입니다. 가짜 죽음을 위해 가짜 이야기를 지어내는 이러한 행위는 화자가 자신의 가짜 욕망을 위해 연두에게 끊임없이 거짓말을 하는 것과도 닮아 있고, 나아가 서울이 비-서울을 향해 자의적/타의적으로 끊임없이 내보내고 있는 가짜 선전과도 닮아 있다고 생각했어요.

소유정 크리갈의 침공에 탑승해 "찢어지는 비명"을 지르며 '나'는 "뱃속에서 뭔가 튀어나올 것 같은 느낌"을 받아요. "미끈하고 끔찍한, 다시는 원래의 자리로 되돌려놓을 수 없는 무언가"에 대한 것이었는데요. '나'의 안에서 꿈틀대는 이것은 무엇이었을까요?

이유리 구체적으로 꼭 집어 설명하긴 어렵지만, 가짜가 가짜라는 사실 그 자체……라고 하면 제일 적당할까요. 롤러코스터가 결코 진짜 죽음이 될 수 없듯이 자신이 원하는 서울도 진짜 서울이 될 수 없음을 알고 나면 화자는 지금과는 다른 인물이 될 수 있겠죠. 핑크퐁 할아버지처럼 그 가짜 됨을 그대로 받아들이며 즐기는 인물이 될 수도, 연두처럼 진짜를 그대로 바라보며 그런대로 만족하는 삶을 사는 인물이 될 수도 있을 거예요. 어느 쪽이든 다시는 원래의 화자로 돌아올 수 없을 것이고요.

소유정 핑크퐁 할아버지의 입속 "검은 구멍을 들여다보"며 '나'는 그것이 자신의 미래와 같다고 생각하는데요. 그래서 '나'의 미래가 정말 궁금해졌어요. 씌어지지 않은 페이지에서 주인공은 어떤 삶을 살고 있을까요? 이후의 이야기를 그리는 연작의 가능성도 있을지 여쭙고 싶어요.

이유리 저는 소설을 쓸 때 다양한 이야기를 떠오르는 대로 일단 쓰고 보는 편입니다. 그중에 가장 마음에 드는 것을 남기고 나머지를 삭제하는 방식으로 작업하곤 해요. 이 소설 역시 여러 가지 방향을 고민하며 만들었습니다. 최종적으로 연두는 두정에서의 삶에 만족하는 인물이 되었지만, 어떤 버전에서는 화자보다 더한 서울에 대한 선망과 속물성을 지닌 인물로 등장한 적도 있어요. 단지 서울에 집을 갖고 있다는 이유만으로 그다지 매력적이지 않은 남자와 사귄다고 털어놓고, 화자는 그걸 부끄러워할 줄 아는 연두가 자기보다 나은 사람임을 깨닫고 패배감을 느끼는 그런 장면이 있죠. 또 다른 버전에선 홍대를 걷던 화자가 거기서 운전기사가 모는 제네시스에 탄 핑크퐁 할아버지를 목격하기도 하고, 갑자기 두정랜드가 문을 닫아 모두 일자리를 잃게 되기도 해요. 그 모든 이야기를 거쳐 최종적으로 이런 이야기가 만들어졌네요.

   화자의 미래…… 글쎄요, 화자는 아마 앞으로도 꽤 오랜 시간을 '미래가 아직 오지 않았다'고 생각하며 미래를 허비하지 않을까 싶어요. 그게 연작으로 씌어지진 않겠지만(이미 충분히 짐작 가능한 광경이라고 생각되므로) 화자가 언젠가, 미래가 이미 도래했으며 지금이 바로 그 미래라는 걸 깨닫는 계기가 되는 사건이 무엇일지 궁금해지긴 하네요. 크든 작든, 누구나 살면서 한 번쯤은 이런 대오각성의 순간을 맞이하는 것 같아요. 사실 저도 그랬고요.

소유정 작가님 답변 덕분에 이 소설을 더 잘 이해하게 되었어요. 고맙습니다. 어느덧 이야기를 마칠 시간이 되었어요. 현재 집필 중이거나 출간 예정인 작품이 있는지, 향후 계획을 들어보며 인터뷰를 마치겠습니다.

이유리 지금 〈주간 문학동네〉에 연재되고 있는 장편소설 『구름 사람들』이 다음 달 안으로 완결될 예정입니다. 내년 초쯤에 단행본으로 정리되어 출간될 것 같아요. 그러고 보니 이 이야기도 결국은 부동산에 관련된 이야기네요…… 지금 쓰고 있는 작품은 운석 오타쿠인 아빠와 진정한 사랑을 찾아 헤매는 '남미새' 딸이 등장하는 장편소설입니다. 스스로는 꽤 재미있는 이야기라고 생각하는데 어떻게 완성될지 모르겠네요. 아무튼 기대해주시면 기쁠 거예요.

공부를 하자 그리고 시험을 보자

정기현

2023년 문학웹진 〈림LIM〉을 통해 작품 활동을 시작했다.
소설집 『슬픈 마음 있는 사람』 등이 있다.

4월은 측정의 달, 많은 숫자들이 시간 위를 수놓는다. 중학교 3학년 1학기 중간고사가 치러졌고, 성적을 기다리는 동안 신체검사가 예정되어 있었다. 승주의 중간고사 전교 석차는 최상위였고, 몸무게는 47킬로그램으로 반에서 세번째로 적었으며, 키는 168센티미터로 반에서 다섯번째로 커서, 점 잇기 놀이를 하듯 그 세 개의 점을 이으면 미소 짓는 입이 완성되었다.

승주가 학기 초 획득한 보다 여러 개의 수치를 이어 정교한 붓질을 더하자 이런 그림이 탄생했다. 끝이 보이지 않는 들판에서 마음껏 뛰노는 토끼, 뭉게구름을 뽕 뚫고 더 높은 하늘로 솟아오르는 비행기…… 승주의 숫자들은 울상 짓는 형상을 만들어내는 법이 없었다. 승주는 무표정, 비뚤어진 입, 혹은 끝 모를 구렁텅이의 형상으로 점 잇기 놀이가 끝나고 만 다른 친구들의 그림을 마른 낙엽 밟듯 가로질러 학년 대표 성적 우수자로서 교내 방송에 나가 상장을 수여받았다.

학년 대표 성적 우수자는 1등급을 가장 많이 받은 학생으로 정해지는데, 때문에 전 과목 평균 점수로 집계되는 전교 석차 1등과는 다른 학생이 수상자로 선정되기도 했다. 그러나 승주는 그런 난처함에 대해서는 걱정할 필요가 없었다. 승주는 압도적 전교 1등을 거머쥐었다.

12과목 총점 1195.5점 ‖ 전체 평균 99.625점 ‖ 1등급 총 12과목

 승주는 단상에 서서 상장 내용을 읊는 학년 주임의 목소리를, 열두 과목보다 훨씬 많은 과목에서 우수한 성적을 받은 것처럼 들리도록 만드는 느릿느릿 평온한 리듬을 따라 고개를 끄덕였다. 비좁은 방송실에서는 피사체와 카메라 간 적절한 거리가 확보되지 않아 각 반 TV에 송출되는 화면에는 단상도, 학년 주임도, 옆에서 상장을 들고 대기하는 방송부원도 보이지 않았다. 오직 승주의 뒷모습만이 화면을 가득 메웠다.

 승주가 뒷짐 진 손으로 주먹을 두 번 쥐었다 펴 보이자 7반 바로 앞줄에서 화면을 바라보던 장범규가 침을 삼켰다. 쥠쥠 사인을 장범규와 함께 알아챈 친구들 몇이 장범규의 어깨에 손을 올리며 낄낄거렸다. 장범규는 붉게 달아오른 얼굴로 조용! 외쳤다.

 장범규는 승주를 좋아했고 승주도 장범규가 좋았다. 좋아한다고 말할 수 있는 감정에는 여러 종류가 있으니까…… 승주는 장범규를 좋아한다고 말할 수 있었다. 사람들은 대개 비슷하고, 저이는 좀 다르다 싶었던 사람들도 의외로 아무것도 없어, 특별함에 대한 믿음은 언제나 시간의 흐름에 삼켜지고 말았다.

7반 회장 장범규는 적어도 친구들의 머릿속에 회장이라는 직함(직함은 인상에 남는 데 유리하다)으로 기억되고 있었고, 농구를 좋아한다거나, 가방을 한쪽으로만 멘다거나…… 멋스러운 부분이 아주 없지만은 않았다.

7반 회장과 전교 1등이 사귄다.

이렇듯 간편하게 요약되는 문장으로 승주와 장범규는 친구들의 기억에 자신들의 존재를 새겨 넣었다. 승주는 사람들에게 오래도록 기억되고 싶었다. 그런 점에서 장범규와의 결합은 적절한 선택이었다. 승주는 혼자 존재하는 것보다 선명해졌고 장범규도 승주를 따라 그렇게 되었다.

장범규는 피부가 깨끗했고 기분 나쁜 냄새가 나지도 않았다. 점심을 먹고 급식실에서 교실로 걸어가는 길, 가끔 운동장에서 친구들과 농구를 하고 있는 장범규를 목격하곤 했는데 그럴 때 승주는 그가 뛰어오르는 순간을 기다리며 걸음을 늦추었다.

'슛을 갈겨! 지금이야!'

티셔츠가 펄럭이고 그 아래 감춰져 있던 희고 매끈한 배를 처음 보았던 순간은 떠올릴 때마다 새롭게 생생해진다. 군살 없는 직선적인 배가 주는 산뜻한 감각은 복부를 지나, 골대를 향해 쭉 뻗은 팔을 따라 시원하게 미끄러졌다. 마침내 승주의 시선이 장범규의 손가락 끝을 벗어나 파아란 하늘까지 향했을 때 태양이 반짝. 순간 멍해져 가만히 서 있는 승주에게 장범규는 양팔을 흔들어 보였다. 우우— 밀물처럼 쏟아지는 아이들의 야유.

 장범규는 승주처럼 이런저런 생각을 경유하지 않고도 승주를 좋아할까? 승주를 있는 그대로 바라봐주고, 어쩌면…… 아직 그런 말을 한 적은 없지만, 승주를 마음 깊이 사랑하고 있을까?

 둘은 학교에서는 말을 거의 나누지 않았다. 모두가 자신들을 바라보고 있거나, 적어도 의식하고 있다는 사실을 인지하게 되면 가벼운 대화에도 필요 이상으로 신중해졌다. 둘의 대화는 초등학교 저학년 영어 교재에 등장하는 다이얼로그와 같은 완결성, 무한 긍정, 근면 성실함을 갖춘 채 수면 위로 떠올랐다가, 금세 사그라들고는 했다.

 장범규: 승주, 오늘 네 머리끈 예쁘다(Seung-ju, Today your hairband looks good).
 승주: 고마워(Thank you).
 (대화를 마친 둘은 서로에게서 눈길을 거두고 책상을 정돈하기 시작한다.)
 ○ 오늘 학습할 표현: ~처럼 보이다(주어+look(s)+형용사).

승주는 공부 시간을 매일 열세 시간 이상씩 유지했다. 교복 재킷 주머니, 치마 주머니, 배낭 앞주머니, 학교 책상, 독서실 책상, 승주의 방 책상에 있는 여섯 개의 스톱워치가 공부 시간을 엄격히 셈해주었다.

 어쩜 그렇게 공부를 잘하느냐는 질문을 마주할 때면 승주는 두 번의 블러핑 후(어쩜 그렇게 공부를 잘해요? 하하 아녜요. 아니 정말 궁금해서 그래. 그냥 움직이는 걸 별로 안 좋아해서 그런가 봐요), 그래도 포기 않고 한 번 더 캐묻는 사람들에게 이렇게 말해주었다. 매일 열세 시간 이상씩 공부해요. 하면 되는 건데 대부분 그렇게 안 하는 거죠. 그럼 질문은 더 이어지는 법 없이 곧장 잠잠해졌다.

 열세 시간이라는 학습 강도를 꾸준히 유지해나가기 위해서는 효과적인 스트레스 관리가 무엇보다 중요했다. 스트레스 관리에 배정할 수 있는 시간은 매일 최대 두 시간. 승주는 여러 가지 취미에 마음을 붙여보려 했으나 대개 실패로 돌아갔다. 산책은 스트레스 해소가 아닌 일시적 진정에 가까웠고, 혼자 할 수 있는 운동 종목(테니스, 검도, 수영)은 경쟁심을 잠재울 수 없어 또 다른 스트레스에 시달려야 했다. 낮잠을 자면 어김없이 악몽을 꾸었고 독서는 조바심이 났다(내가 얘보다 똑똑한 것 같은데 이 사람에게는 왜 벌써 '자기 책'이 있는 거야?).

승주가 마땅한 스트레스 해소법을 찾을 수 없어 손톱을 깨물고 있을 때 장범규가 말했다.

장범규: 나는 너랑 이야기 나눌 때가 좋던데(I like talking with you).
승주: 나도 그래(So do I).

둘은 학교 안보다 밖에서 훨씬 많은 것을 나누었다. 학교를 벗어나 단둘이 남는 순간 둘은 보다 연인다워졌다. 모두의 시선 속에서 걸어 나와 서로를 좀더 자세히 바라볼 수 있었다. 학교가 일찍 파한 어느 수요일 오후, 장범규는 승주에게 우리 집에 가지 않겠느냐고 물었다.

소파에 나란히 앉은 장범규와 승주. 영화를 보다 장범규의 손이, 하늘을 향해 하얀 길을 내던 매끈한 팔이 승주의 어깨를 둘렀고 둘은 바짝 붙어 앉아 서로의 숨결을 느끼다 입을 맞추었다. 장범규는 프렌치 키스를 시도하는 것 같았는데 자꾸만 앞니끼리 부딪쳐 승주는 그 혀를 제대로 받아들이지도, 이쪽에서 그쪽으로 집어넣을 수도 없었다. 각자의 입안에서 웅크린 채 허리를 못 펴는 혀.

자세가 이게 맞나? 분위기 조성을 위해 로맨스 영화를 틀어두었던 탓에 화면에서는 몇 번이나 진한 키스 장면이 반복되었다. 소파에 앉아 있는 것, 서로 반쯤 껴안은 것, 하체는 약간 떨어뜨리고 상체를 서로에게 바짝 기울인 것, 다른 게 하나 없는데 우리는 왜 안 되는 거야? 앞니 충돌 따위 없는 매끄러운 키스는 왜 우리에게 허락되지 않는 거야? 승주는 장범규가 원망스러워지려 했다. 그 원망이 장범규를 지나쳐 결국 자신에게 향했음은 물론이었다.

각도를 틀어가며 다양한 자세로 즐기는 주인공들에게 경쟁심이 들어 승주는 결심이라도 한 듯 결연하게 혀를 쭉 빼고 장범규의 입안을 휘휘 저어보았다. 목구멍 바로 위 혀뿌리 부근이 뻐근해져왔고 장범규는 놀란 듯 서둘러 입을 뗐다.

그럼 할 수 없지. 다음 단계로 직행이다.

승주는 힘이 빠진 척, 장범규의 어깨에 얹어두었던 팔을 허벅지 안쪽으로 툭 떨어뜨렸다. 의도가 적중한 것인지, 그 역시 키스는 더 이상 안 되겠다 싶었던 것인지, 장범규는 키스 따위 건너뛰고 다음 단계로 진입했다. 소파에 누우니 굳었던 근육들이 풀어지며 서로를 만지는 손길도 한결 부드러워졌다. 옷을 벗고 벗길 때만큼은 드디어 어떤 버벅거림도 충돌도 없이 흐르듯 움직일 수 있었다.

아— 평생 느껴보지 못한 개운함!

승주는 벅찬 숨을 몰아쉬며 장범규네 거실 천장을 올려다보았다.

　그렇게 승주는 수, 토, 일 오후 두 시간씩 장범규의 집에서 시간을 보내게 되었다. 장범규가 장염에 걸려 학교를 빠진 날에도 승주는 하교 후 #3917 비밀번호를 누르고 장범규 집에 들어가 연두색 소파에 주저앉으며 혼자 있을 때나 낼 법한 걸걸한 한숨을 내쉬었다.

*

　무얼 해야 할지 우왕좌왕하던 두 시간의 휴식은 점차 형식을 갖추어갔다. 장범규와 승주는 집에 들어가자마자 섹스, 함께 씻고 나온 뒤에는 소파에 반쯤 누워 과자를 먹으며 90분짜리 영화 한 편을 관람하였다. 발견할 때마다 다이어리에 기록해둔, 러닝타임 90분 영화 리스트는 거의 동이 났다. 영화를 보지 않는 날에는 장범규가 부엌에서 간단한 음식을 만들어 내왔다. 만두라면이나 밀키트 라자냐, 올리브유와 후추를 뿌린 바닐라아이스크림 따위를 먹으며 같은 반 거슬리는 애들에 대한 이야기를 나누자면 또 다른 두 시간이 필요할 것처럼 시간이 금세 흘렀다. 책상 앞으로 돌아갈 시간이 되어도 장범규의 집에 좀더 머물고 싶은 마음이 드는 날도 있었다. 물론 승주는 그 정도의 욕망에 흔들리기에는 너무도 강인하여 시간이 다 되면 군인처럼 벌떡 일어나 가방을 챙겼지만 장범규는 그렇지 못했다. 5분만 더 있다가 가면 안 돼? 5분만 더. 진짜 5분만 더. 5분만. 진짜 이제 진짜 5분만······

 장범규의 간청에 따라 승주는 5분 주기로 진자 운동을 하는 메트로놈처럼 일어났다 앉기를 반복했다.

 내가 자신의 곁에 계속 머물러주기를 바라는 마음은 나쁘지 않지만······ 장범규는 내가 5분마다 어떤 계산들을 하는지 모를 거야. 지금 주머니 속 스톱워치가 멈춘 지 두 시간 5분째, 10분째, 15분째······ 오늘 가능한 공부 시간은 총 열네 시간, 열세 시간 55분, 열세 시간 50분······ 가능한 수면 시간과 내일의 기상 시간은······

 시간은 속절없이 흐르고 장범규는 그런 건 아무래도 상관없다는 듯 투명한 얼굴로 오늘 체력장에서 BMI가 가장 높은 친구의 윗몸일으키기 계측을 도왔던 일에 대한 이야기를 꺼냈다.

 ─바닥에 붙어 있으려고 온 힘을 엉덩이에 아무리 집중시켜도 걔가 일어날 때마다 내 몸이 공중에 붕 뜨는 거야. 그 애는 한 번 한 번 전력을 다해야 했기 때문에 몸을 일으키는 속도가 아주 느렸고 나는 아주 천천히, 나-지-금-뜨-고-있-잖-아? 속으로 이렇게 되뇔 시간

이 있을 만큼 오래 떠 있을 수 있었어. 단 네 번뿐이었지만.

승주는 두 시간이 지나고도 벌써 35분째 장범규의 집에 추가 체류 중이었다. 장범규가 반 회장으로서 모두가 망설이던 BMI 최상위 친구의 체력장을 돕겠다고 나선 장면에는 어딘가 압도적인 데가 있었다. 그것에는 다른 상념 없이 눈앞에서 벌어지는 이미지에만 집중케 하는 힘이 있었다. 승주 역시 다른 아이들과 마찬가지로 둘에게서 눈을 뗄 수 없었다.

사건의 당사자가, 그 거대한 무릎을 꼭 붙잡고 있던 장범규가 들려주는 이야기에 승주는 시간 가는 줄을 몰랐다. 승주는 장범규가 내온 자두를 씹으며 방충망까지 활짝 열어젖힌 거실 창 난간에 기대어 섰다. 잘 익은 자두는 두 입 크게 베어 물자 벌써 노란 씨앗이 드러났다.

―맛있지?

어느새 장범규가 승주의 곁으로 다가와 있었다. 둘은 자두 맛 가벼운 입맞춤을 나누고는 나란히 서서 창밖을 내려다보았다. 집 앞을 지나는 4차선 도로. 한참을 내려다보아도 차들은 몇 대 지나가지 않았고 그보다는 인도를 걸어 다니는 사람들이 많았다.

횡단보도 앞에는 밀짚모자에 흰 모시 셔츠를 입은 노인과 승주네 학교 교복을 입은 여자애 둘, 그리고 한 손에는 검은 비닐봉지 다른 한 손에는 낡은 갈색 가죽 가방을 든 남자가 서 있었다. 승주는 자두씨를 봉지 안에 넣어보겠다는 일념으로 한쪽 눈을 감고 잠깐의 조준 시간을 가진 뒤 씨앗을 아래로 던졌다. 7층 장범규의 집에서 낙하를 시작한 자두씨는 안정적인 궤적을 그리며 봉지 안에 안착하는 듯했지만 씨앗이 3층을 지날 때쯤 신호가 초록불로 바뀌어버렸다. 꼭 쥔 주먹만큼 급한 일이 있었던 걸까, 남자는 보행자 신호보다 앞서 바뀌는 차량 신호등으로 가야 할 때를 미리 알고 발을 먼저 내디뎠고 승주의 자두씨는 노인의 밀짚모자 챙에 적중했다.

기우뚱 벗겨진 밀짚모자 아래 노인의 반짝이는 민머리. 저물기 직전 작열하는 태양 빛을 머금어 그 자체가 하나의 작은 발광체 같았다. 노인은 갑작스러운 습격에 놀라 그야말로 몸을 벌벌 떨었는데 과거에 저지른 과오에 노한 하늘로부터 마침내 심판이라도 받은 것처럼, 그리고 그 심판이 두려워 죽을 것 같지만 받아들일 수밖에 다른 도리는 없다는 태도로 겸허히, 두 손을 모으고 아이고 아이고 뒷걸음질치다 주저앉고 말았다.

승주로서는 난생처음 나 아닌 다른 사람에게 물리력을 행사한 순간이었다. 필요 이상으로 겁을 집어먹은 노인을 내려다보며 승주 역시 죄책감에 어쩔 줄을 몰랐지만 옆에 서 있던 장범규는 그새 화분들 사이로 몸을 숙인 채 캭캭거리고 있었다. 장범규의 얼굴이 시뻘겠다. 활짝 웃는 그 얼굴이 어쩐지 낯설었다. 설렘을 주는 낯섦이라기보다는 아귀처럼 못난 것을 보았을 때 드는 생경함이었다. 이게 오늘 계측 도우미를 했던 경험보다 웃긴 일이란 말이야? 통제 불능의 웃음을 다름 아닌 자신이 유발했다는 사실만큼은 조금 뿌듯하기도 했다. 마음속 죄책감은 이내 자취를 감추고, 승주는 생각지도 못했던 계기로 또 다른 루틴을 획득하였다.

어떤 일을 2주 동안 반복하면 습관이 된다(우등생 승주의 팁★). 승주는 하교 후 장범규의 집에 가 영화를 보다 사랑을 나눈 뒤 간단히 요기를 하고 남은 찌꺼기나 씨앗 일체로 귀여운 비닐 폭탄을 제조해 집 앞 인도를 오가는 행인들을 겨누었다. 단 한 문장으로 요약되는 승주의 하교 후 두세 시간(어느새 이렇게 느슨해져버렸다)은 안정감과 후련함, 적당한 스릴까지 뒤섞인 완벽한 여가였다.

*

사람들은 모르겠지만 승주는 늘 결백했다. 무엇에서든 오래 살아남기 위해서라면 나를 속이지 않는 것, 그것만큼 중요한 것이 또 있을까? 요행은 금물. 바라지도 않는 편이 좋다. 오직 최선을 다한다. 그것이 승주가 생각하는 진실이었다. 승주는 나를 속이는 길과 속이지 않는 길, 그 갈림길 앞에 설 때마다 이 명제를 되새겼다.

며칠 전 수학 시간, 승주는 세 가지 숙제 중 한 가지를 깜빡 잊었다는 사실을 수업 시작이 5분 남짓 남은 때에 깨닫고는, 교실 뒤에서 정신없이 숙제를 베껴대고 있는 친구들 무리에 끼어들어 숙제가 완성된 교과서 한 부를 건네받았다. 자리로 돌아와 미리 펼쳐둔 자신의 교과서를 내려다보며 친구의 책을 펼치려던 찰나, 승주는 첫번째 문제의 정답란에 기입해야 할 숫자가 무엇인지 머릿속으로 계산을 끝마쳤다. 다음 문제도, 그다음 문제도. 결국 친구의 책을 베끼지 않고 모두 제힘으로 풀어낸 승주는 친구에게 교과서를 그대로 돌려주었다. 네 것을 베끼지 않았다는 말을 건네기에는 어쩐지 유난스러워 보이려나 싶어 최대한 가벼운 몸짓을 해 보였다. 어깨를 으쓱했던가? 친구는 눈치채지 못한 것 같지만.

수학 선생은 들어오자마자 교과서를 걷어 몇 권을 쭉 훑어보더니 베낀 사람은 단번에 일어나는 게 좋을 것이라며 으름장을 놓았고 멍청하지만 착한 친구들이 하나둘 자리에서 일어나는 동안 승주는 그대로 앉아 있었다. 앞줄에 앉은 친구들은 승주를 돌아보며 저들끼리 눈빛을 주고받거나 수군거렸다. 하지만 나는 문제를 진짜 풀었는걸, 너희가 나를 오해하는 게 이해가 되지 않는 건 아니지만 그런 것쯤은 하나도 중요하지 않아. 승주는 몰락한 유원지 가운데 낙하한 듯 외로웠지만, 어떤 상황에서도 자신을 속이는 법은 없었기 때문에 자리에서 일어나지 않았다. 반 애들은 차례로 빈 책상 위에 양말을 벗고 올라가 수학 선생이 항상 갖고 다니는 짧고 단단한 막대로 발바닥을 맞았다.

—너 왜 안 일어났어?

수업이 끝나자마자 교과서 주인이 승주의 자리로 와 말을 붙였다.

—나 안 베꼈어.

—내 책 가져갔잖아.

—책 펴기도 전에 암산이 되길래 결국 내가 다 풀었어.

승주의 말에 반론을 제기할 수 있는 아이는 아무도 없었다. 다음 수업이 곧 시작되었고 다시 찾아온 쉬는 시간, 승주는 그 친구와 팔짱을 끼고 매점에 가 커스터드크림빵을 사 먹었다.

이번에도 승주는 오직 진실과 떳떳이 마주하기 위해, 16년간 지켜온 나만의 명제를 어떤 시련 속에서도 지켜내기 위해, 노은빈이 5교시 끝나고 오라고 일러둔 장소로 홀로 향했다. 5층에서 옥상으로 향하는 계단참. 장범규와 함께라면 두려울 것도 없겠지 마음을 다잡고 겨우 등교했던 것인데, 장범규는 수업이 시작된 지 한참이 지나고도 모습을 드러내지 않았다. 승주에게는 연락도 없이……

*

 어제 오후, 승주는 장범규의 집에서 낙지죽을 시켜 먹었다. 저녁을 따로 또 먹기가 귀찮다는 이유로 장범규는 죽을 세 그릇이나 시켰다. 꼬박꼬박 챙기게 된 승주와의 오후 간식 타임 때문인지 장범규의 희고 매끈한 배는 점점 불룩해졌고, 요 며칠 자리에 앉을 때 셔츠가 뱃살에 끼지 않도록 손끝으로 살짝 빼면서 앉는 습관까지 생겨 버렸다. 나름대로는 옷매무새를 자연스레 다듬는 척 굴었지만 그게 뱃살 때문이라는 사실을 모르기도 어려웠다. 승주가 이걸 세 그릇이나 시켰어? 물었지만 장범규는 듣지 못한 척.

 시뻘건 죽이 그릇마다 넘실거렸다. 장범규의 콧등에는 땀방울이 잔뜩 맺혔다. 나 간 다음 저녁은 또 저녁대로 먹는 것 아냐? 요즘 왜 이렇게 식욕이 좋아진 거야? 농구도 안 한 지 꽤 되었고…… 장범규는 숟가락을 상 위에 던지듯 내려놓으며 거실 바닥에 드러누웠다.

 ─더 이상 못 먹겠다! 배 터지겠다!

배는 몰라도 셔츠만큼은 곧 터져도 이상하지 않을 것처럼 팽팽했다. 간신히 버티는 흰 단추들. 식은 채 굳어가는 낙지죽 반 그릇. 승주는 장범규에게 비닐봉지를 가져다달라고 청했다. 남은 낙지죽을 봉지에 소분해 열세 개의 작은 폭탄을 제조하기 위해서였다.

투~하!

낙지죽 폭탄은 지면에 닿자마자 질퍽한 소리를 내며 터졌다. 반경 3미터 내에 있는 사람들이 일제히 위쪽을 올려다보았다. 승주와 장범규는 베란다 화분들 사이 재빠르게 몸을 숨기고 동태를 살폈다. 방금 뭐였죠? 시바 이게 뭐야. 토사물 아니야? 낯선 이들 사이에 대화의 장이 만들어지고, 이렇다 할 해답을 얻지 못한 행인들은 찡그린 얼굴로 다시 각자의 목적지를 향해 뿔뿔이 흩어졌다. 고요를 되찾은 거리에 폭탄의 주홍빛 잔해만이 오점처럼 남아 있었다. 멀끔한 거리의 얼굴에 흉터를 내는 자들로서 승주와 장범규는 사이좋게 번갈아 폭탄을 던졌다. 소란과 고요를 오가는 몇 차례의 투하 과정이 지나가고 폭탄이 서너 개쯤 남았을 때, 길 위에 승주와 같은 교복을 입은 무리가 등장했다.

―누군지 알겠어?

―뒷모습이라 잘 모르겠는데.

같은 학교 애들은 투하 이벤트의 제1타깃이었다. 학

교에 원인도 정체도 모를 폭탄을 던지는 자(바로 나)에 대한 소문이 퍼지고 그 웅성거림 가운데 들어앉아 모두를 내려다보는 자신을, 승주는 잠들기 전 거듭 상상해왔다. 외고 대비반 문제집을 펼쳐둔 책상 앞에 앉아 문제를 푸는 척 고개를 살짝 숙인 승주가 주위 애들의 말소리에 귀를 기울인다. 우리 동네 폭탄 전설 알아? 엉? 너는 심지어 당했단 말이야? 길을 걷고 있는데 머리 위로 먹다 만 음식 찌꺼기가 쏟아지는 거야. 위에서 습격하기 때문에 꼼짝없이 맞을 수밖에 없어. 그렇게 역겨운 이야기는 처음이다…… 반복되는 상상은 머릿속에 길을 내어 언제부턴가 승주의 공상은 상상이라기보다는 어제오늘 일어났던 일을 회상하는 것처럼 제 의지대로 흘러갔다. 그런 승주의 눈앞에, 아니 눈 아래 나타난 사냥감이 무려 여섯씩이나!

 남자 둘, 여자 넷으로 구성된 무리의 뒷모습에서 승주의 시선을 사로잡은 것은 무리에서 키가 두번째로 큰 여자애가 멘 배낭이었다. 빨갛고, 금속 버클이 주렁주렁 달린, 주머니가 많은 가방. 노은빈이었다. 그렇다면 저 애들은 노은빈네 무리가 분명했다. 남자애 둘 중 키가 작은 쪽은 정우승, 큰 쪽은 조현웅, 노은빈 옆 고만고만한 애들은 임주은, 구효진, 양지수였다.

 그 애들과 훌쩍 떨어진 거리에서도 승주는 등 뒤가 서

늘해졌다. 승주가 아파트 7층이라는 높이, 시야를 1차 차단해주는 창문, 베란다 통창을 반쯤 가린 화초 더미 뒤에 숨어 익명의 물리력을 행사하는 쪽이라면 그 애들은 상대를 바로 앞에 두고도 앞뒤 재지 않고 주먹부터 갈기는 쪽이었다. 익명의 반대항은 무엇이지. 통성명? 너 이름 뭐냐? 거대한 공포는 곧, 통성명의 물리력자들을 제압해보고 싶다는 강한 충동으로 양태를 바꾸었고 끝내 충동이 최종값이 되었다. 승주는 곧장 창문을 열고 남은 낙지죽 폭탄들을 모두 던졌다.

폭탄 둘은 도로 위에 떨어졌지만 마지막 하나만큼은 노은빈의 빨간 배낭에 명중했다. 열두 개의 눈동자는 약속이나 한 듯 위쪽을 올려다보고는 허공에 욕을 갈겼다. 승주는 늘 하던 대로 폭탄을 던지자마자 창문을 잽싸게 닫고 화분 뒤에 숨었다. 그런데 왜 노은빈과 아이들이 하나둘씩 이쪽을 가리키고 있는 걸까? 노은빈의 손가락은 1층에서부터 하나씩 올라오더니 정확히 일곱번째에서 멈추었다. 옆을 보니 장범규가 있어야 할 자리가 비어 있었다. 장범규는 화분 뒤에 숨으면 충분히 안전하다는 사실을 잊은 모양이었다. 하얗게 질린 채 아래를 내려다보며 서 있을 뿐이었다. 승주가 손짓하자 그제야 거실 안으로 몸을 숨겼으나 때는 이미 노은빈네 무리에게 위치를 발각당한 뒤였다.

곧 현관문 밖에서 말소리가 들려왔다.

―야, 누구냐? 나와 봐.

장범규와 승주는 숨을 죽이고 기다렸다. 기다리고 또 기다렸다. 집 안에 어둠이 내릴 때까지. 태어난 이래로 가장 고요한 여섯 시간이었다. 음식을 먹을 수도 영화를 볼 수도 대화를 나눌 수도 없었다. 해가 졌지만 불을 켤 수도 없었고 화장실에 갈 수도 없었다. 장범규가 잠깐 편한 옷으로 갈아입겠다고 방에 들어갔을 때 쪼르륵쪼르륵 오줌 누는 소리가 났다. 소리가 들리지 않을 거라 생각한 걸까? 어디에다 싸는 거야…… 장범규는 상기된 얼굴로 거실로 나와 너도 편한 옷 줄까? 속삭였다.

밤 10시가 되어서야 승주는 장범규의 집을 나섰다. 하루 루틴이 이렇게까지 망가진 적은 없었는데. 장범규가 하던 대로 화분 뒤에 숨기만 했어도…… 오늘 낭비한 시간은 앞으로 일주일 동안 하루 한 시간씩 더 공부하는 것으로 보충하자. 핑계는 없다. 신발을 대충 구겨 신고 현관을 나서자마자, 승주는 문 뒤에서 여전히 기다리고 있던 셋과 마주쳤다. 셋의 이름을 떠올리기도 전에 승주는 뒤통수와 배를 한 대씩 얻어맞았고 거듭 네가 한 짓이 맞냐는 추궁을 당했지만 끝까지 부인했다.

―나 진짜 아니야……

―뭔 줄 알고 아니래.

─아니라니까……

 아파트 복도는 한 사람을 끝장내는 데 그리 적합한 장소가 아니었기에 셋은 그쯤 해두기로 한 듯 서로 눈빛을 교환했다. 노은빈은 시바 거짓말하지 말고 내일 어디어디로 오라고, 안 오면 죽여버린다고 말한 뒤 승주의 뺨을 마지막으로 갈기고는 계단 아래로 사라졌다. 그 셋이 돌아간 뒤에도 장범규는 안쪽에서 나올 생각을 않았다. 변기 물 내리는 소리가 들릴까 무서워 오줌도 방에서 싸던 애가 복도의 소란을 듣지 못했을 리 없을 텐데. 승주는 초인종을 누를까 고민하다 그대로 집으로 돌아가기로 했다.

 승주가 그 애들을 한눈에 알아본 것처럼, 그 애들 역시 승주를 알고 있었다. 승주 역시 익명성의 그늘 뒤에 숨기에는 너무 독보적인 탓이었다. 주먹을 꽂기 전 흠칫하는 눈빛들을 승주는 보았다. 학교 TV에 나와 학년 대표로 성적 우수상을 받던 애잖아. 네가 왜……? 하지만 망설임에 앞서 튀어나와버린 주먹. 픽 픽 픽.

*

 계단참에는 어제보다 두 명이 불어난, 총 여덟 명이 팔방진을 펼친 듯 한눈에 들어오는 구도로 앉거나 서 있었다. 승주는 크게 세 가지 원칙을 갖고 그들 앞에 섰다. 트레이닝. 트레이닝. 원칙들을 뇌 속에 완벽히 각인시킨다.

첫번째, 진실만 말할 것.

두번째, 어제와 같이 물리적으로 위험한 상황이 벌어져도 결코 물러나지 말 것.

세번째, 곧 죽겠다 싶은 것이 아니라면 끝까지 버틸 것.

그 애들은 승주가 예상한 대로 곧장 주먹을 내리꽂지 않았고 오히려 아무런 관심이 없다는 듯 하던 이야기를 계속했다. 승주에게는 열여섯 개의 눈동자가 내리쏟아지는 대신 때때로 두 개가 깜빡, 네 개가 깜빡하며 간헐적으로 시선이 꽂혔다.

―장범규는?

노은빈이 승주를 향해 이렇게 묻자 그제야 아이들 모두가 이쪽을 바라보았다.

―학교 안 나왔어.

노은빈이 왜 그렇게 묻는 것인지 영문도 모르고 순순히 답을 내줄 뿐인 승주였다.

―거기 장범규네 집이잖아. 너네 집도 아닌데 왜 네가 한 게 아니라고 말 안 했어?

응? 그건 또 어떻게 안 거야? 학교를 장악하고 있는 애들이라면 그런 것쯤 하룻밤 사이 알게 될 수도 있는 건가. 어제 흠씬 맞으면서 분명 내가 아니라고 몇 번이나 말했지만 그건 지금 중요한 게 아니었다. 물론 아니라고 했던 것이 거짓말이기는 했지만 그 역시 중요하지 않았다. 왜 말 안 했느냐는 부드러운 말씨의 질문이 꼭 너를 해칠 의도는 없다는 것처럼 들려 긴장이 누그러지면서도, 그렇게 단숨에 안도를 해버리는 자신이 어쩐지 싫다고 생각하며, 승주는 눈앞의 상황을 파악하고자 하였다.

이렇게 되면 위험한 쪽은 장범규일 터였다. 이 애들은 승주 대신 장범규를 타깃으로 정했다. 왜 승주는 타깃에서 제외해준 걸까? 그 이유는 몰라도 결코 장범규를 가만 놔두지 않으리라는 사실만큼은 알 수 있었다. 장범규는 지금 같은 상황은 꿈에도 모르고 벌벌 떨며 침대에 누워 있겠지.

―애가 너 예쁘대.

노은빈이 품 안에서 담뱃갑(!)을 꺼내며 말했다. 담뱃갑에서 담배 한 개비를 꺼내 쥐고, 아이들 사이를 가로질러 옥상 쪽으로 한 걸음 한 걸음 올라가며, 노은빈은 왼쪽 남자애에게 살짝 고개를 숙이고는 좋니? 물었다. 남자애의 이름을 승주는 이미 알고 있었고…… 부끄럽게 웃는 조현웅이 승주는 정말 싫었다. 못생겼어. 무엇보다 곱슬기가 돌아 두개골이 다른 사람의 세 배 정도는 더 길어 보이도록 만드는 헤어스타일이 치명적이었다. 머리가 불쑥 솟은 초식 공룡 같았다.

그렇지만 승주도 조현웅처럼 헤헤 웃어버렸다. 그러자 오른쪽 아래 앉아 있던 임주은이 물었다.

―근데 너 장범규랑 사귀지? 어디까지 했어?

이런…… 계속 헤헤 웃을 수밖에. 승주가 헤헤 웃으니 일곱 명의 아이들도 낄낄 웃고 곧 옥상에서 돌아온 노은빈도 웃음 파도에 합류해 큭큭 웃었다. 웃음이 가득한 계단참! 조현웅은 뭐가 좋다고 계속 웃는 건지. 그런데 웃음을 언제 멈추어야 하나요? 아이들이 멈추지 않는다면 승주도 영영 멈추지 말아야 할 것 같았다. 혹은 멈추지 않을 수밖에 없었다? 장범규는 정말 어떻게 되는 것이지…… 장범규는 나보다 키가 작은 정우승과 붙어도 질 것이다…… 농구에도 손을 놓은 요즘이라면 더욱…… 장범규는 손이 작아 주먹도 작다…… 그게 중요한 게 아니라 곧 종이 칠 텐데…… 물리 선생은 수업 시간에 늦으면 벌점을 준다고…… 얘들아, 너희들은 수업 안 듣니? 헤헤.

그때 노은빈이 말했다.

―빨리 내려가자. 곧 종 칠 듯.

승주는 여덟 명의 아이들과 함께 계단을 내려갔다. 복도에는 종소리가 울려 퍼졌고 서둘러 교실로 돌아가던 아이들이 무심코 이쪽을 올려다보더니 그 사이 속한 승주를 인지하고 다시 고개를 뒤로 돌렸다. 그쪽에서 본다면 승주까지 한 무리로 보이겠지. 상황이 어떻게 이렇게 흘러간 것인지. 승주는 그저 헤헤 웃었을 뿐인데 자신의 원칙들을 저버린 것만 같은 기분이 들었다. 나의 원칙. 뭐였더라? 진실만을 말하는 것, 그리고……

*

노은빈과 친구들은 자신들을 일컬어 버들치라고 불렀다. 버들치가 맑은 물에만 산다는 점이 멋지다는 이유에서였다. 몇몇은 자신 있게 우리 버들치가— 하며 스스로를 칭했고, 몇몇은 버들치 그 말 좀 쓰지 말라고 하면서도 친구들과 약속이 있는 날이면 다이어리에 '버들치'라고 적었다.

버들치의 거점은 곳곳에 있었다. 학교 계단참만 해도 승주가 처음 그들을 만났던 곳 외에 세 군데가 더 있었고, 옥상은 당연히 그들의 것, 오래된 아파트 놀이터 정자, 동네의 경계에 위치한 고등학교 뒷산, 양지수의 집, 엔진이 고장 난 뒤 방치해두고 있다는 정우승네 엄마차…… 그들은 그곳에 그저 앉아 있거나 아지트와 아지트 사이를 끝없이 헤엄치며 시간을 흘려보냈다.

승주는 하교 후 장범규네 집에 가는 대신 버들치와 그들의 거점을 쏘다녔다. 버들치에게는 늘 처리해야 할 중요한 문제들이 있었다. 주로 다른 무리의 영역 침범, 혹은 사랑싸움이었다. 임주은과 오래 사귀던 이유찬이 배윤지에게 외투를 빌려주었대. 미친 거 아니야? 승주는 그들 안팎의 방어전에 이런저런 조언을 건네기도 했다. 일단 기다려봐, 따위의 말뿐이었지만 아이들은 끄덕거렸다. 알겠어, 일단 기다려볼게. 그러다 보면 문제가 정말 해결되기도 했다. 아이들은 승주를 버들치에 없던 두뇌로 인정해주는 눈치였다. 승주도 그들을 마냥 멍청한 아이들로만 바라볼 수는 없었던 것이, 다른 무리와의 싸움을 두 차례 직접 목격했던 탓이다. 피하고 꽂는다. 피하고 피하고 꽂는다. 상대가 주춤거릴 때면 한 번 더 꽂는다. 땀과 흙으로 물든 교복. 그러나 얼굴만은 가뿐했다. 미소를 잃는 법이 없었다. 버들치는 거점을 결코 빼앗기지 않았고 이미 인근 가장 좋은 곳들을 점유하고 있었기에 다른 무리의 것을 빼앗으려 들지도 않았다. 누군가 자신들의 영역에 들어오면 혼쭐을 내주기는 했으나 먼저 공격하는 일은 극히 드물었다. 버들치라는 이름, 어쩌면 정말 잘 지은 것도 같다고 승주는 생각했다. 그런데 이들 중 누가 버들치라는 명칭을 알고 있었을까? 1급수에 사는 물고기, 그렇게 검색이라도 한 걸까? 음……

공부를 하자 그리고 시험을 보자

옥상이나 뒷산 같은 높은 곳에 앉아 있으면 시간이 발밑으로 흘러가는 것을 볼 수가 있었다. 물고기들이 그 안에서 헤엄치기도 했다. 우리는 시간 위에 있다. 동네는 평평하다. 나는 여기에 있다.

흘러가는 시간이 이렇게 낱낱이 보이는데, 왜 모든 변화는 갑작스러운 걸까? 인과라는 게 실종된 것처럼. 나조차도 내가 여기에 왜 앉아 있는지를 알 수가 없고. 이게 바로 생존력이라는 걸까? 진화는 어쩌면 이렇게 이루어지는 것?

우등생의 자리에서 세계를 바라보던 승주는 버들치의 자리에서 세계를 바라볼 수도 있게 되었다. 이쪽 세계와 저쪽 세계의 경계를 가로지르는 승주. 위기가 없진 않았지만 승주에게는 위기를 극복할 또 다른 무기들이 있었던 덕분에(인정하고 싶지는 않지만 조현웅의 호의도 큰 몫을 해주었고……) 무사히 두 세계를 넘나들 수 있게 되었다. 겪어왔던 바와는 영 딴판인 세계가 자신을 덮쳐올 때, 또 다른 무기를 갖추지 못했거나 무기를 제때 뽑아 들지 못한 사람은 원래 머물던 세계의 기반마저도 한순간에 위태로워지기 마련이었지만 승주는 달랐다.

버들치는 점심시간이 되면 급식은 먹지 않고 매점에서 빵과 젤리 따위를 잔뜩 사다가 운동장 등나무에 부려두고 배를 채웠다. 등나무에서는 농구장이 잘 보였다.

승주가 급식실에서 교실로 돌아오는 길 위에서 옆으로 비껴 보던 때의 시야와는 달리, 등나무에서는 양쪽 코트가 한눈에 균형감 있게 들어왔다. 점심시간이 시작되고 15분쯤 지나면 농구장의 자리에서 세계를 바라보는 아이들이 우르르 등장해 치열한 경기를 벌였다. 버들치는 경기를 훌리건처럼 관람했다. 플레이어라면 등나무 관중석을 의식하지 않기가 어려웠고, 이미 그들 사이 문화가 된 지 오래인 듯 멋진 슛을 성공한 플레이어는 등나무까지 뛰어와 버들치와 차례로 하이파이브를 하고는 간식을 주워 먹고 다시 농구장으로 돌아가는 세리머니를 펼쳤다.

 승주도 이름 모를 농구복 인간들과 손뼉을 맞추었다. 버들치 가운데 앉아 젤리며 과자를 주워먹던 손을 내밀기만 해도 삼 점 슛의 주인공이 달려와 손바닥을 맞대주었다. 미래의 승주가 성취할 수 있는 무수한 직업의 목록에 구단주를 넣어보자. 그가 느낄 감각이 바로 이런 걸까? 앞에서는 선수들이 장기짝처럼 날뛰고 있고 그들이 이룬 성취는 곧 내가 이룬 결과물이 된다. 열여섯 승주가 어렴풋이 예상했던 구단주로서의 매일이 제법 정확했던 까닭은, 승주의 감각이 스포츠 세계의 화려함뿐만 아니라 그 이면도 동시에 투시할 줄 알았기 때문이었다. 승주는 덩크슛, 레이업 슛, 플로터, 스카이 훅 슛, 페이드 어웨이, 뱅크 슛, 딥스리 주인공들과 손을 맞대며 장범규를 떠올렸다. 장범규도 여기에 있었는데. 장범규는 지금 자기 책상에 엎드려 있겠지. 골을 쏘던 양손을 품 안에 꽁꽁 묶어두고서.

버들치는 당한 일을 그냥 넘어가는 법이 없었다. 위험은 싹을 밟고 자르고 뽑아버려야 더 퍼지지 않기 때문이라고 했다. 그런 점에서 버들치는 직업적 주먹의 일상을 정확히 투시할 수 있는 능력을 가졌다고 할 수 있겠다.

장범규의 세계는 겨우 자신의 책상만 한 크기로 줄어들었다. 사거리 괴폭탄 투척 사건의 모든 혐의는 버들치의 위세 아래 장범규의 독단적 행동으로 결론지어졌다. 나도 그 폭탄 맞아봤다는 애들이 반마다 서너 명씩 등장해 장범규의 몰락을 부추겼다.

그런데 누구세요? 장범규와 나는 너희에게 폭탄을 던진 적이 없는데요. 우리는 폭탄을 맞은 사람들이 위쪽을 올려다볼 때의 그 경멸 섞인 눈초리를 낱낱이 기억하는데요. 거기에 너희들과 같은 범인(凡人)은 없었는데요. 없었던 너희들이 너무 많아 일일이 찾아가 해명할 수도 없는 일이었다. 아니 해명할 수는 있었겠지만……

장범규도 고분고분 당하고만 있지는 않았던 것이, 어느 날엔가는 왜 승주에게는 아무도 뭐라 하지 않냐고 고래고래 소리를 질렀다. 일순간 얼어버린 아이들. 승주는 최우등생인 데다가 버들치이기까지 한걸? 그런 승주가 이런 미치광이 살인미수 범죄에 가담했다고? 장범규의 마지막 절규를 목격한 아이들 사이에서 웅성웅성 비열한 대화가 퍼져 나가려던 때, 노은빈이 장범규의 뒤통수를 갈기며 말했다. 얘는 왜 잡고 늘어져? 승주가 헤어지자고 한 게 그렇게 짜증 나? 승주는 그때까지 장범규에게 헤어지자는 말을 차마 못 했었는데, 노은빈의 선언으로 둘의 관계는 비로소 최후를 맞이했다. 그때부터 장범규가 승주에 대해 하는 말은 모두 차인 것이 분해 아무렇게나 내뱉는 푸념이 되어버렸고, 아이들은 몰락한 장범규에 대해 떠드는 일로 수개월은 너끈히 보낼 자신이 있어 보였다. 물론 개중에 승주가 진짜 그 짓에 동참했다는 소문도 없던 것은 아니었지만, 그런 뒷이야기는 수면 위로 올라오지 못하고 오히려 승주에게 미스터리함만 더해주었다.

*

승주, 자?
이제 누웠어.
오 다행이다~ 내일 뭐 해?
이렇게 연락하는 건 처음이네. 그냥 아침 운동하고 독서실

ㅎㅎ

오 나도 아침에 운동하는 거 좋아하는데 ㅋㅋ

낮이 되면 너무 더워서!

아침에 같이 산책할래? 내가 너희 집 앞으로 갈게.

산책?

응. 내가 방해하는 건가?

아냐, 산책 좋아. 내일 보자!

내일 ㅇㅋ 잠 못 자겠다 ㅋㅋㅋ

  조현웅은 다음 날 아침 9시 10분, 집 앞에 도착했다며 전화를 했다. 조현웅의 문자에 잠을 설친 것은 승주도 마찬가지였다. 기말고사 준비가 한창인데 웬 아침 산책? 아침 운동은 길어도 한 시간 30분 안에 끝내고 독서실에 가야 하는데, 조현웅은 그럴 생각이 없겠지. 토요일이니까 조금 늦어지는 것쯤 괜찮다, 괜찮아. 허비할 시간이 길어질지 모르니 어서 잠들어야 해. 지금 바로 잠들어야 한다는 강박에 정신이 점점 또렷해져 승주는 한 시간 28분씩이나 뒤척이다 겨우 잠에 들 수 있었다.

  승주는 한여름 가벼운 옷차림과는 사뭇 상반되는 커다란 배낭을 메고 집을 나섰다. 지난해 유난히 지독했던 태풍에 단지 내 가로수 군락이 유실되어 그 빈자리에 키 작은 묘목들이 열심히 연둣빛 잎사귀를 피워내고 있었다. 그 곁에 서서 작은 스포츠 가방을 왼쪽 어깨에 걸친 채 승주를 기다리고 있는 조현웅은 머리통이 평소보다 더욱 길어 보였다. 뭔가를 바른 듯 한데 뭉친 머리카락이 반짝거리고 있었는데, 바로 옆 나무의 길게 뻗은 가지와 머리통의 길이가 정확히 같아 거리감이 왜곡된 탓인지 승주는 문득 어지러워져 눈을 꼭 감았다 떴다.

조현웅 쪽에서도 나름대로 오늘의 산책에 대비를 한 것 같았다. 조현웅은 '그 정자' 쪽으로 걷자고 했다. '그 정자'는 고등학교 세 개가 한데 몰려 있는 지구의 가운데 위치한 동산 위를 일컫는 말로, 도로 쪽에서 동산으로 바로 접어들면 가파른 산길을 올라야 했지만 고등학교 운동장을 경유하면 완만한 산책로를 거닐 수 있었다. 조현웅과 승주가 통과할 고등학교 부지는 승주가 곧 시험을 앞둔 외국어 고등학교였다.

외국어 고등학교는 교문이 외국 어느 고등학교의 것처럼 고풍스러웠다. 거대한 녹색 철문에 독수리상이 조각된 모양이었다. 학교는 다른 인문계 고등학교와 디귿자 형태로 이웃해 있었고 두 학교가 한 운동장을 쓰도록 되어 있어 운동장이 승주네 중학교에 비해 훨씬 넓었다.

교문을 지나 운동장 둘레의 벽돌 길에 접어들자 조현웅이 말했다.

―외고 애들은 화장 안 해도 예쁘대.

그런가…… 승주도 화장이라면 거의 안 하는 편이었다. 스킨, 로션, 선크림을 바르는 정도가 전부였으니까.

―근데 너도 그래. 화장 안 해도 엄청 예뻐.

조현웅은 이렇게 말하고는 갑자기 앞서 걷기 시작했다. 예상했던 것보다도 훨씬 들떠 보였다. 오늘의 아침 산책 경로는 승주를 위한 것이라기보다 조현웅 자신을 위한 것 같았다. 뭐랄까, 예비 외고생과 함께 외고 거닐어보기 체험? 승주가 계단참에서 버들치를 처음 마주했을 때 느꼈던 이질적인 기분을 조현웅도 만끽하고 있는 걸까? 그래도 그렇게 붕 떠 있는 조현웅의 뒷모습이 언짢지만은 않았다. 아침 공기가 적당히 시원하기도 했고 또 승주로서도 이 학교를 이토록 천천히, 아무도 없을 때 거닐어보기란 처음이었다.

―같이 가!

승주는 잰걸음으로 조현웅의 뒤를 쫓았다. 학교 건물과 바로 인접한 길은 벽돌 길이 아니라 잿빛 시멘트 길이었다. 길은 처음의 회색빛을 잃고 분홍 노랑 파랑 알록달록 색으로 뒤덮여 있었다. 이것에 대해서라면 조현웅에게 들려줄 이야기가 있지. 승주도 학원에서 몇 번 소문으로만 들었을 뿐 직접 마주한 것은 처음이었다. 그저 괴담인 줄 알았건만……

회색빛 길을 채도 높은 색깔로 수놓은 재료는 다름 아

닌 분필이었다. 인문계 고등학교 학생들이 창문 아래로 외국어 고등학교 학생들이 지나가기를 기다렸다가 분필 따위를 던져서 맞히는 일이 왕왕 벌어진다고. 개인 대 개인의 원한 때문은 아니고, 독서실 건물을 외고 학생들만 쓸 수 있도록 한 것, 운동장을 함께 쓰는 것, 그마저도 외고 체육대회 때는 한 달 내내 운동장 상당 부분을 비워주어야 하는 것, 정문 디자인의 무게감 차이…… 등에서 비롯된 불만 때문이라고 했다(이유야 대보자면 끝도 없을 것이다). 그 길을 실제로 걸어보니 분필 투척은 왕왕 벌어지는 정도가 아닌 듯했다. 길 전체가 오색찬란했다.

승주가 이 이야기를 들려주자 조현웅은 킥킥대며 이렇게 말했다.

—너도 그거 좋아하잖아. 위에서 뭐 던져서 사람 맞히는 거.

승주는 조현웅이 7층에서 던진 화분을 정수리에 정통으로 맞은 듯한 강한 충격을 느꼈다. 내내 한마디도 하지 않다가 지금 그 이야기를 꺼내는 저의가 뭘까? 네 약점을 알고 있으니 함부로 설치지 말라는 경고? 장범규에게 그러했듯 버들치가 언제든지 승주의 세계를 납작하게 짓눌러버릴 수 있다는 힘의 과시? 네 약점을 모른 척해줄 테니 잘 지내보자는 악수? 언제까지고 네 약점

공부를 하자 그리고 시험을 보자 143

을 숨겨주겠다는 사랑 고백? 생각도 눈치도 없는 조현웅의 경솔할 뿐인 망발? 승주는 그 자리에 멈추어 서서 조현웅의 눈을 바라보았다.

—괜찮아.

조현웅은 말했다.

—이쪽으로 와.

조현웅은 정자에 풀썩 걸터앉더니 옆자리를 툭툭 쳤다. 정자에 둘이 나란히 앉아 있으려니 할 이야기가 영 마땅치 않았다. 그건 조현웅 쪽도 마찬가지였는지, 자꾸만 누군가에게 전화를 걸었다. 어 지금. 지금 같이 있어. 의도가 어찌되었든 조현웅은 승주와 있는 것을 다른 애들에게 알리고 싶어 안달이 나 있었다. 그래, 조현웅은 날 좋아한댔다. 노은빈도 그렇게 말했고 지금 단둘이 주말을 보내고 있기도 하고. 시간은 벌써 두 시간 반 가까이 지나고 있었다.

조현웅은 전화로 친구들을 부르기까지 한 것인지, 학교 후문으로 나가니 그 앞에 노은빈을 비롯한 애들 여섯 명이 기다리고 있었다. 아이들은 조현웅과 승주를 보고 우우 야유를 보냈다.

—승주도 가는 거지?

노은빈이 말했다.

—아직 안 물어봤는데. 승주, 너도 노래방 같이 갈래?

조현웅이 승주 쪽을 돌아보며 물었다.

―어…… 그래!

승주의 배낭은 다른 일곱 명이 멘 가방의 무게를 모두 합한 것보다 묵직했다. 승주는 다음 한 주 동안은 매일 두 시간씩 잠을 줄여야겠다고 다짐하며 노래방에서 두 곡 반 정도의 노래를 불렀다. 한 곡을 완창하지 못한 까닭은 갑자기 다른 학교 아이들이 들어와 승주의 어깨에 팔을 두르며 노래를 채 간 탓이었다. 승주는 옆 학교 아이들 다섯 명과 번호를 교환하였고 늦은 밤이 되어서야 그들로부터 빠져나올 수 있었다. 조현웅은 그 애들에게 승주를 재밌는 애라고 소개했다. 전교 1등이잖아, 조현웅이 말하자 오오― 공부 잘하는 애랑 처음 얘기해본다, 노래방 가득 괴성이며 욕설이 한동안 오갔고 카운터를 보던 주인이 문틈으로 살짝 안을 들여다보고는 다시 제자리로 돌아갔다. 승주는 재밌는 애가 된 것이 조금 기쁘기도 했다. 뭐라 소개될지 조마조마하였는데 그 정도라면은 나쁘지 않았다. 조현웅 몰래 다른 애들 몇과 은근한 눈빛을 나누기도 했다.

그날 밤 그 애들 중 하나가 승주에게 오늘 재밌었다, 내일은 뭐 해? 독서실 가? 메시지를 보내왔고 승주는 잠시 망설이다 응, 간단히 답장을 보내두고는 내일은 일찍이 다른 독서실로 짐을 옮겨두어야겠다 다짐하였다. 너무 짧은 답장을 보낸 탓일까 그 애로부터 더 이상 메시지가 오지는 않았는데, 이 한마디 주고받음이 혹시 조현웅을 화나게 할 수도 있을지…… 승주는 그 생각에 휩쓸려 또 한 번 세 시간밖에 자지 못하고 눈을 떠야 했다.

*

7월 마지막 주 목요일, 기말고사가 끝나고 모두 폴폴 흩어져 방학만을 기다릴 때 승주는 재학 중인 중학교 대신 일전에 조현웅과 거닐었던 외국어 고등학교로 향했다. 오늘은 외고 입시 당일. 기능성 소재의 반팔 티셔츠와 면 백 퍼센트 트레이닝복 바지를 챙겨 입고 에어컨 바람이 지나치게 찰 것을 대비해 얇은 보라색 카디건도 잊지 않았다.

승주가 중점적으로 준비한 부분은 창의력 수학 시험이었다. 이번 기말고사도 무리 없이 전교 1등을 거머쥐고 교내 방송에서 학년 대표로 상장을 수여받은 승주에게 내신 점수는 문제될 게 없었다. 입시 시험에 출제될 과목들에도 거의 완벽하게 대비되어 있었다. 하지만 문제를 읽는 순간 실마리를 잡지 못하면 영 돌파구를 찾지 못한 채 시간을 허비하기 쉬운 창의력 수학 시험은 끝까지 불안으로 남았다. 이것이 승주의 합격 여부를 좌우할 유일한 변수였다.

다섯 개 과목의 시험을 치르는 동안 승주는 다음과 같은 루틴을 엄수했다. 답안지를 제출하라는 명이 떨어지면 더 이상 꾸물거리지 않기. 가장 먼저 펜을 놓기. 펜을 내려놓자마자 귀마개를 끼고 눈을 감기. 멀리 아무도 없는 유원지를 거니는 상상으로 마음을 연못처럼 잔잔하게 만들기. 그런 와중에도 말을 걸어오는 친구가 있다면 책상에 그대로 엎드려버리기. 방해꾼들은 유원지 연못에 처넣어버리기. 다음 교시를 알리는 종소리가 귀마개 너머로 어렴풋이 들려오면 귀마개를 뽑고, 연필을 깎아버리고, 수정테이프가 잘 작동하는지 점검하기. 다음 시험에 진심을 담아 임하기.

나쁘지 않다, 이대로라면.

4교시를 마치고 승주는 이렇게 생각했다.

승주는 중학 생활을 보내며 자신이 접한 위치가 만족스러웠다. 뭐랄까…… 우등한 돌연변이? 어느 누구의 입도 금세 다물게 할 법한 융합형 인재?

그리고 마침내 창의력 수학 문제지를 받았을 때, 승주가 1번으로 마주한 문제의 지문은 다음과 같았다.

(가형) 그림은 일곱 개 지구로 나뉜 유원지의 조감도다. 유원지는 다섯 지구의 외곽과 호수로 둘러싸인 이

형 지구로 구성되며, 이형 지구로 향하려면 반드시 나룻배를 타야 한다. 유원지에는 서로 다른 나룻배 일곱 척(가~사)이 있다. 각 구역에는 일곱 척 중 하나의 배가 배정되어 있으며, 각각의 배가 어느 구역에 배치되어 있는지는 알 수 없다. 아래 그림에 등장하는 재범이가 핫도그를 사 먹고 오리배를 탄 뒤 따뜻한 코코아를 마시며 퍼레이드를 관람하려 할 때, 일곱 척의 나룻배가 각각 어느 구역에 배치되어 있어야 이동 시간의 총합이 최소가 되는지 정확한 풀이와 함께 답하여라.

어어 유원지다 유원지! 방금 전 쉬는 시간까지 머릿속으로 거닐었던. 승주는 문제를 읽으며 문제에 몰입하는 대신 문제로부터 퐁 퐁 멀어져 나룻배에 탑승했다. 버들치와 유원지를 여행하면 어떤 재미가 있을까. 유원지를 걷다 마주친 다른 학교 애들이 나를 흘끔흘끔 쳐다보고. 조현웅은 그럴수록 나를 좋아한다는 것을 노골적으로 표하고. 이동 시간의 총합이 최소가 되는 것보다는 최대가 되는 편이 나을 것이다. 그럼 더 많은 눈길들이 오갈 테니까. 헤헤.

승주는 '최소'를 '최대'로 읽고 그에 대한 완벽한 풀이법과 답을 도출해냈다. 나룻배를 타고 잔잔한 호수 위를 가로지르듯 다음 문제도, 그다음 문제도 의심 없이 막힘없이 풀어나갔다. 5분 남았다는 감독관의 안내가 있기 훨씬 전, 승주는 문제 풀이를 모두 마쳤다. 답변을 OMR 카드에 옮겨 적는 즐거운 시간. 호수 안을 뱅뱅, 호수 안을 뱅뱅, 물결을 부드럽게 가로지르는 승주의 나룻배. 다음 단계로 다음 단계로 매끄럽게 유영하던 승주는 예상보다 빠르게 마지막 장에 도달하였다.

그렇게 시험이 끝났다.

이제는 결과를 기다리는 일만이 남아 있었다.

승주는 펜 뚜껑을 닫고 두 손을 가지런히 책상 위에 올린 뒤 눈을 감았다. 교실의 다른 응시생들보다 12분이나 빠른 속도였다. 문득 자리에 솔솔바람이 불어오며 가사 없는 멜로디가 떠올라 승주는 시험지를 한 번 더 검토해보는 대신 머릿속으로 그것을 내내 흥얼거렸다. 버들치와 시간을 보낼 때 누군가 불렀던 노래 같은데 그의 얼굴만은 도무지 기억이 나지 않았다. 오래된 가요 같기도 하였고 바로 어제 발매된 노래 같기도 하였다.

음음…… 음음…… 어디로부터 내려온 멜로디일까 이것은? 어디로부터…… 노래의 주인공이 조금씩 또렷해져갈 때 학교 종이 울렸다. 어렴풋한 머릿속 멜로디를 해일처럼 뒤덮는 학교 종소리. 승주는 양손을 머리 뒤로 모으고 감독관이 시험지와 답안지를 가져가기를 기다렸다.

공부를 하자 그리고 시험을 보자

인터뷰

정기현
×
홍성희

홍성희 지난 6월, 첫 소설집을 출간하셨어요. 진심으로 축하드립니다. 소설집에 실리기도 한 작품 「공부를 하자 그리고 시험을 보자」로 이 가을, 다시 한번 인사를 나누게 되었는데요. 출간 이후 어떻게 지내셨는지요. 어떤 마음으로 계절을 맞이하고 계신지 궁금합니다.

정기현 축하해주셔서 감사해요. 소설집을 출간하는 것도 처음이지만 독자분들을 만나 뵙고 책 이야기를 나누고 친구들과 가족들에게 감상도 전해 듣고 하는, 그 이후의 과정들도 모두 처음 겪어나가는 시간을 보내고 있습니다. 허둥지둥해나가고 있지만 돌아보면 좋았던 장면들이 참 많아요. 하지만 동시에 무척 더웠던 여름이라 뭔가에 임할 때 평소보다 훨씬 힘을 끌어 올려야 했던 것 같아요. 얼른 여름이 가고 가을이 오면 좋겠다, 여름에는 더 이상 미련이 없다! 하는 생각으로 가을을 기다리고 있습니다.

홍성희 소설 속 승주는 숫자로 환산되는 것들을 자기 통제력 안에 두는 일에 애정을 두고 있어요. 정확히는 숫자를 통제함으로써 얻어낸 위치에서 자신이 원하는 대로 소문을 만들거나("7반 회장과 전교 1등이 사귄다", p. 113), 소문이 될 법한 일을 가뿐히 없던 일로 처리하고("책 펴기도 전에 암산이 되길래 결국 내가 다 풀었어", p. 124), 불리한 사실도 유리한 쪽으로 틀어낼 수 있게 되는("그런 뒷이야기는 수면 위로 올라오지 못하고 오히려 승주에게 미스터리함만 더해주었다", p. 139), 모든 이야기를 '내려다보는' 일에 대한 애정이라고 표현해볼 수도 있을 것 같아요. 이야기를 통제하는 힘에 대한 확신이 강해지고, 흔들리고, 치명적인 시험 오답으로 연결되는 여정에서 승주의 모습은 입체적인 만큼 매력적이고 사랑스러운 동시에, 어쩐지 블랙코미디를 보는 것 같이 씁쓸한 기분을 주기도 하는데요. 때로 승주의 목소리를 들려주면서도 거리를 두고 이야기를 풀어내면서, 승주와의 동행을 어떻게 느끼셨는지 궁금합니다.

정기현 중학교 3학년인 승주는 아직 접한 세계가 학교뿐이라 말씀하신 것처럼 자신이 인생을 그럭저럭 통제할 수 있다고 생각하는 인물이에요. 성적과 등수, 몸무게 같은 숫자들은 달리 해석할 여지가 없는 절대적인 느낌으로 존재하고, 승주가 획득한 숫자들이 다른 친구들에 비해 유리한 위치에 있다고 볼 수 있다는 점도 승주의 자신만만함을 더해주는 요인이고요. 하지만 숫자가 영향을 미칠 수 없는 세계로 한 발짝만 나가봐도 숫자는 곧장 무의미로 곤두박질치기 마련이잖아요. 버들치 친구들의 세계만 봐도 그렇고요. 그렇다면 숫자를 믿는 승주는 앞으로 숱한 곤두박질에 마주하게 되겠다, 몇 번이고 아득해지겠다, 다시 자기를 찾을 때까지 얼마나 일그러지려나…… 이런 생각으로 그 곤두박질과 아득함, 일그러짐 직전까지의 이야기를 써보고 싶었어요. 물론 이 직전이라는 것도 저의 입장이고 승주는 그 이후에도 변한 것 하나 없이 살아나갈 수도 있을 테지만 소설을 막 끝냈을 때는 마치 롤러코스터 정점에서 멈춘 것 같은 아찔함도 있고 재밌었습니다.

홍성희 승주와 장범규가 있던 이야기에 노은빈을 비롯한 여섯 명, 그리고 이름을 갖거나 갖지 못한 또 다른 인물들이 더해지면서 승주가 가지고 있던 이야기에 대한 통제력은 변화를 겪게 돼요. '전교 1등'으로서의 위치는 변하지 않지만, 그 숫자가 배치되는 방식과 관계 속에서의 위상은 많이 달라지게 되는데요. 아이들이 승주와 장범규의 연애를 야유하던 교실과 버들치가 조현웅과 승주의 연애를 야유하는 운동장이, 아래로 낙지죽 폭탄을 던지던 아파트 7층과 위에서 던진 분필로 알록달록해진 학교 건물 아래 길이 겹쳐지는 가운데, 내내 스스로 만든 이야기 속 주인공으로 자리하던 승주가 자신의 힘으로 만들지 않은 이야기 속에 이미 놓여 있거나 놓이게 될 것을 느끼게 되는 것처럼요. 이런 변화는 어떤 잘 만들어진 이야기 바깥에서 이야기에 영향을 미치는 힘, 어쩌면 코트 바깥에서 코트 안의 모든 것을 결정하고 있는 구단주처럼 이미 더 큰 차원에서 작동하고 있는 힘을 아득히 떠올리게 하는 것 같아요. 시상식에서 홀로 카메라 프레임을 가득 채우는 '전교 1등'에서, 홀리건 같은 '버들치' 무리의 한 명으로 탈바꿈한 '전교 1등' 승주에게 코트 안팎의, 건물 위아래의 '힘'이라는 것은 어떤 대상으로 여겨지고 있을까요? 그 '힘'에서 승주는 어떤 의미나 목적 혹은 마음을 구하고 있을까요?

정기현 승주가 갖고 있는, 어떤 힘에 대한 믿음은 승주가 홀로 만들어낸 게 아닐 확률이 높을 것 같아요. 하루 열세 시간 공부에 집착하는 것이나 그것이 어그러지면 어떻게 보충할지 생각하는 것, 친구들과 보내는 시간에 집중하는 대신 친구들에게 자신이 어떻게 보일까에 훨씬 집중하는 것, 이런 것 모두 승주 안에서 우러나왔다기보다는 여기저기서 이런저런 얘기들을 매일같이 들으면서 형성되었을 습관이라고 생각해요. 분명 이렇게 하면 힘을 획득할 수 있다고들 하니까요. 그런데 사실 승주를 보면 계획한 대로 힘을 획득하고 발휘하는 대신 예상치 못한 곳에서 쏟아지는 다른 힘에 당하고 때로는 기대고 가끔은 그것을 모른 척도 하면서 살아가고 있어요. 아직 승주는 자신의 믿음 안에 머무르고 있지만 언젠가는 그 믿음이 자의든 타의든 깨지고 말 것이기에 결국 자신만의 힘을 고민하게 되지 않을까, 고민해야 하지 않을까 싶어요. 아니면 더 궁극적으로는 힘 따위 없어도 그만이다 내지는 없는 게 낫다 하고 생각하게 되거나요.

홍성희 승주를 비롯하여 이 소설에 나오는 많은 인물들은 여러 종류의 힘을 부리고 만끽하는데, 장범규는 그런 와중에도 다른 모습을 거듭 보여주면서 작은 균형을 만들어내는 것 같아요. 단지 혼자 잘못을 뒤집어쓰고 승주 이야기 밖으로 쫓겨나거나 버들치가 만든 이야기에 갇혀 점점 더 작은 책상만을 갖게 되기 때문만이 아니라, 그런 장범규를 승주가 계속해서 떠올림으로써 이야기 안으로 거듭 불러들이고, 그렇게 장범규의 이야기도 아직 끝나지 않게 만들고 있기 때문이라는 생각이 들어요. 성이 붙은 이름들 가운데 처음으로 등장하는 장범규가 이 소설, 혹은 승주의 이야기에서 만들어내는 기울기에 대하여 이야기 나누어볼 수 있을까요.

정기현 회사에서 일을 하다 보면 종종 아, 다들 정말 힘들겠다, 하는 생각이 들고 그 생각에 젖어 퇴근을 하다 보면 지하철을 꽉 메운 이 사람들 다 각자의 이유로 너무 힘들겠지…… 하게 됩니다. 이 생각을 몇 년 전부터 정말 자주 하고 있는 것 같아요. 문제는 다른 힘듦에 손 내밀 구석을 찾기가 어렵다는 것입니다. 이미 너무 지쳐서이기도 하고 섣불리 손 내미는 행위가 실례가 될까도 싶고요. 그러면 대체 뭘 할 수 있을까, 나도 힘들고 너도 힘들다 하면 끝인가 싶은 고민에 빠지게 되는데요. 너무 작은 출구인 것 같기는 하지만, 저 사람에게도 자기만의 이야기가 있다는 사실을 실감하는 것이 어디일지 모를 다음으로 나아가는 시작점이 되어주리라고 생각해요. 그래서 소설을 쓸 때도 주인공이나 화자의 삶이 계속해서 이어지는 것처럼 다른 인물들의 이야기도 소설에 다 담지는 못했지만 어떻게든 이어지고 있다는 것을 의식적으로 짚어 주어야겠다 하는 생각이 있어요. 그러다 보면 주인공의 고민에만 실리던 무게도 덜어지는 것 같고, 누구도 절대적으로 옳을 수 없고 동시에 모두에게 이해할 만한 지점들이 있다 하는 막연한 짐작이 소설 안에 만들어지지 않을까 소망하고 있습니다.

홍성희 정기현 작가의 소설은 타인의 이야기에 거리를 둔 채로 몰두하는 인물들을 통해 이야기들이 연속되면서 서로 혹은 일방적인 방식으로 영향을 미치는 방식을 탐구해온 것 같아요. 사라진 새미의 이야기를 재구성하거나(「빅풋」), '김병철 보아라'로 연결되는 과거를 추적하고(「슬픈 마음 있는 사람」), 부서진 벽시계 속 뻐꾹새 보리스와 목각 인형들의 시공간을 자꾸 가늠하면서(「마음대로 우는 벽세계」) 그것으로 자신의 시간을 꾸리고 타인과 마주해가는 인물들처럼요. 「공부를 하자 그리고 시험을 보자」에서는 그런 인물들과는 조금 다르게, 자기 자신의 이야기에 거리를 둔 채로 몰두하는 인물이 그려지고 있는데요. 소문을 탐닉하는 학교 친구들의 시선을 경유하는 동시에, 승주는 그것이 가닿지 못하는 자기 이야기의 오롯한 원리에 몰두하는 모습을 내내 보여주어요. 그 독립적이지만은 않은 자기 몰입이 극을 향해 나아가 시험 답안을 '최소'가 아닌 '최대'의 방향으로 잘못 적어가는 데 이르는데요. 상상에 몰입하면서 자기 안으로 향하는, 그러나 그렇게 함으로써 자기 이야기에 영향을 미치는 인물들의 시선에 더 깊숙이 관계되어버리는 몰입의 서사가 계속해서 이어진다면, 그 안에서 계속되거나 반복될 '공부'와 '시험'은 어떤 것일까요? 소설의 마지막 장면과 제목 사이의 연결고리에 대하여 청해 듣고 싶습니다.

정기현 삶을 조금이나마 재미있게 만들어주는 간단한 방법이 있다면 '서로 아무런 관계가 없던 이것과 저것을 나만의 논리대로 이어보기'가 있을 텐데요. 「슬픈 마음 있는 사람」에서 동네 담벼락에 적힌 낙서들의 전후 순서를 따져가며 저간의 사정을 짐작해보거나 「빅풋」에서 새미의 일기장에 기록된 문장 조각들을 이어서 새미라는 전체를 이해해보려고 하는 등, 그런 것들이야말로 삶을 하루아침에 풍요롭게 만들어줄 수 있는 행위인 것 같아요. 연결해보기를 시도하면 삶을 전보다 면밀히 살피게 되고 그러다 보면 새롭게 보이는 것도 생기고…… 이런 발견들이 그래도 팍팍한 하루하루를 재미있게 만들어준다고 말할 수 있는 게 아닌가 싶어요. 「공부를 하자 그리고 시험을 보자」의 승주는 앞선 두 작품의 화자가 그러하듯이 능동적으로 질서를 파악하고 만들어보려는 인물이라기보다는, 사회가 말하는 인과나 질서를 열심히 따름으로써 그 안에서 가장 앞에 서려는 인물인데요. 그렇게 열심에 열심을 다해 공부를 하곤 마침내 중요한 시험을 치르는 마지막 장면에서, 승주는 갑자기 친구들을 데리고 유원지에서 배를 타며 노는 상상을 하게 되고 그게 시험지를 오독하는 원인이 되죠. 승주가 자기 안위 혹은 숫자와 관련이 없는 순수한 상상을 하는 것은 이 장면이 처음이지 않을까 싶은데요. 시험 결과는 좋지 않을지 몰라도 상상이 가능해진 승주의 시간은 앞으로 좀더 재미있어지지 않을까 하는 생각이 듭니다. 공부를 하자 그리고 시험을 보자 그리고 잘 봤다 또는 못 봤다. 이렇게 끝나는 것이 아니라 더 길게 이어지는 풍요로운 문장을 만들어볼 수 있는……

홍성희 「공부를 하자 그리고 시험을 보자」 속 '승주'의 이름은 소설집 『슬픈 마음 있는 사람』에서 이 소설의 앞뒤로 배치된 「농부의 피」와 「바람 부는 날」에도 등장해요. 이 '승주'들은 한 인물의 이야기를 나누어 보여주는 것 같기도 하지만, 연속되거나 연결되지 않은 채 그저 반복되는 이름들로서 하나의 이름을 입체화하며 더불어 있는 것 같기도 합니다. 다른 소설들에서 반복되는 '기은' '새미' 같은 이름들도 그러하고요. 특히 '장범규' '노은빈'처럼 성을 붙인 이름들은 겹치지 않는 가운데 성이 괄호 쳐진 이름들이 여러 이야기 속에서 발견될 때, 이름은 구체적인 사람을 지칭하는 것이기보다 끊임없이 새롭게 배치될 수 있는 말 조각으로 느껴지기도 해요. 이름을 거듭 새로운 이야기 안에서 움직이게 하는 것, 혹은 역으로 이름이 다른 궤적으로 움직이게 될 이야기를 거듭 새로 시작하는 것이 정기현 작가에게는 어떤 의미이고 또 움직임인지 궁금합니다.

정기현 인물들의 이름을 기은, 새미, 승주 셋으로 정해 몇 편의 작품에서 이름이 연속되도록 한 것은 소설집을 엮는 과정에서 편집자님의 제안을 받아 사후적으로 시도해본 것이에요. 평론가님께서 짚어주신 것처럼 같은 이름이 등장하는 단편이라고 해서 반드시 이야기가 연속되지는 않아요. 다만 같은 결이라고 생각되는 인물들에게 하나의 이름을 부여하니 그 단순한 장치만으로도 두 이야기 사이에 묘한 연속성이 생기는 것이 재미있게 다가왔습니다. 이것 역시 사후적인 생각이지만, 낙서나 메모에서 이상한 질서를 발견하는 화자들처럼 저 역시 이름이 같은 화자가 등장하는 몇 편의 소설 사이 요상한 질서가 생겨나는 것이 즐거웠던 게 아닐까 싶어요. 이렇게 작은 겹을 책에 하나 덧씌우는 것만으로도 하지 않을 수도 있었던 생각도 잠깐이나마 해보게 되고, 그런 것이 좋았습니다.

홍성희 앞선 소설들에서 그러했듯, 이 소설에도 산책하는 장면이 나와요. 처음에 산책은 두 시간의 여가 시간을 투자하기 적합하지 않은 대상으로 언급되지만, 이후 조현웅과 하는 산책은 '여가'와는 다른 맥락을 입게 되기도 합니다. 정기현 작가의 작품에서 산책은 내내 새롭게 배치되면서, 여러 의미를 이루어가고 있는 것 같은데요. 무언가를 '산책'으로, 또 '산책'의 의미를 무언가로 정의 내리는 문장으로 첫 소설집을 닫은 이후, 정기현 작가가 이어갈 걸음에 대하여 마지막으로 질문드리고 싶습니다.

정기현 첫 소설집에서 걷는 행위가 많이 등장했던 이유는 어쩌면 대부분 모험하는 기분으로 쓴 소설들이라 그런 것이 아닐까 싶습니다. 그 들뜬 발걸음이 먼저 보였나 싶은 생각도 들고요. 앞으로는 어디로 걸으며 무엇을 볼지, 그리고 그것을 어떻게 말할지가 좀더 중요해지지 않을까 생각합니다. 너무 당연한 말인가 싶기도 하지만 움직이는 발 쪽에서 만지는 손 혹은 굴러가는 눈알 쪽으로 초점을 좀 옮겨봐야겠다 다짐하고 있습니다. 그리고 마지막으로…… 세심히 읽어주시고 좋은 질문을 가득 주셔서 감사드립니다. 소설과 인터뷰를 읽어주신 분들께도 모두 정말 감사드려요.

수록 작품 발표 지면

히데오 〈문장웹진〉 2025년 6월호
두정랜드 『문학동네』 2025년 여름호
공부를 하자 그리고 시험을 보자 웹진 〈비유〉 2025년 5/6월호
/ 『슬픈 마음 있는 사람』(스위밍꿀, 2025)